# なでしこ日和

着物始末暦㊆

中島 要

時代小説文庫



角川春樹事務所

目次

# 着物始末暦 舞台地図

神田川
昌平橋
筋違御門
和泉橋
新シ橋
柳原通
浅草御門
両国橋
●米沢町
『井筒屋』
大川（隅田川）
●岩本町
一膳飯屋『だるまや』
●白壁町
余一の住まい
●大伝馬町
紙問屋『桐屋』
一石橋
日本橋
江戸橋
呉服橋
●日本橋通町
呉服太物問屋『大隅屋』

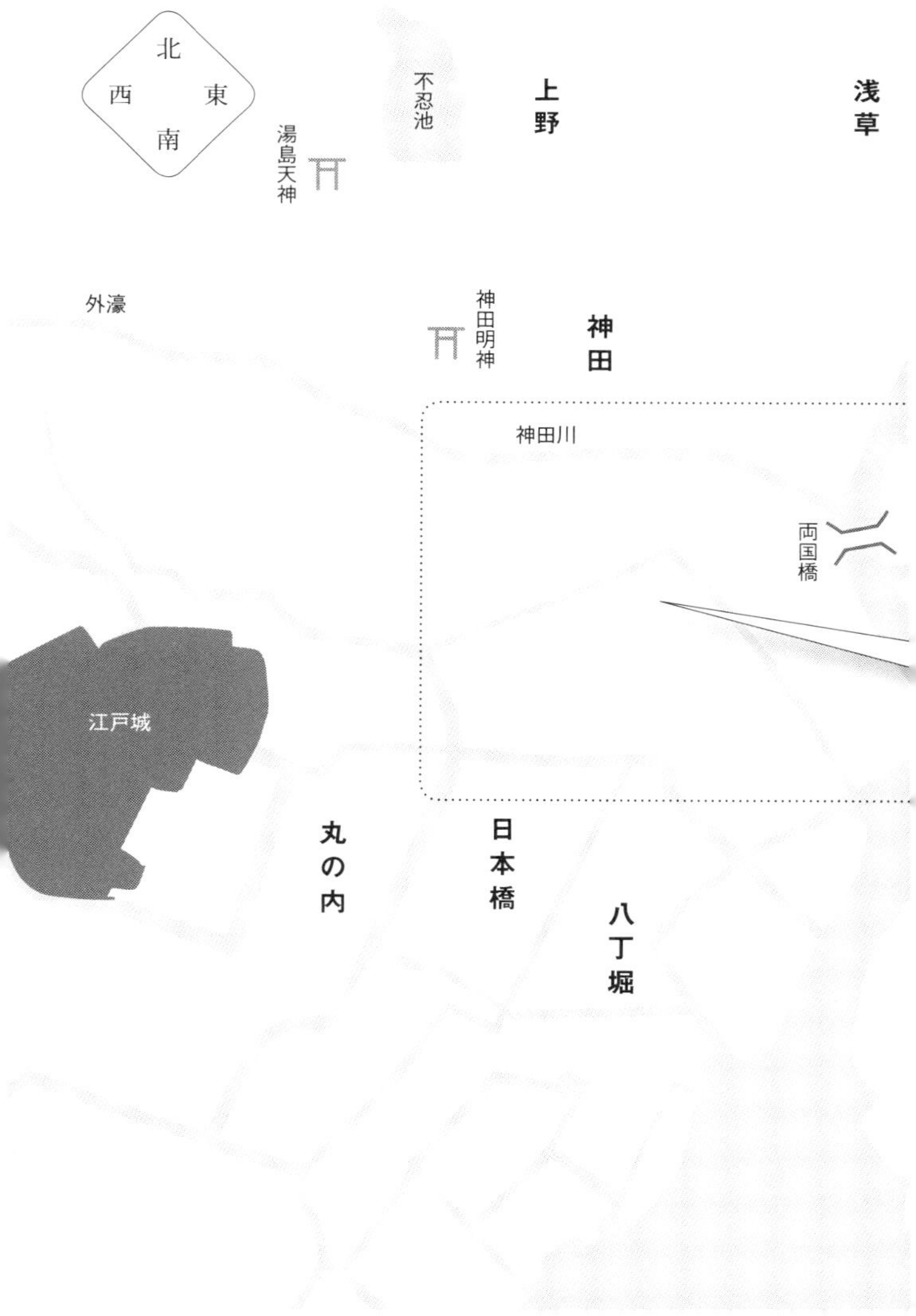
北
西
東
南
湯島天神
不忍池
上野
浅草
外濠
神田明神
神田
神田川
両国橋
江戸城
丸の内
日本橋
八丁堀

# 主要登場人物一覧

余一《よいち》　神田白壁町できものの始末屋を営む。

綾太郎《あやたろう》　日本橋通町にある呉服太物問屋『大隅屋』の若旦那。

六助《ろくすけ》　柳原にある古着屋の店主。余一の古馴染み。

お糸《いと》　神田岩本町にある一膳飯屋『だるまや』の娘。

清八《せいはち》　一膳飯屋『だるまや』の主人。お糸の父親。

お玉《たま》　大伝馬町にある紙問屋『桐屋』の娘。綾太郎の妻。

おみつ　お糸の幼馴染み。お玉の嫁入りで『大隅屋』の奉公人になる。

# なでしこ日和

着物始末暦（七）

男花
<ruby>お<rt></rt></ruby><ruby>ば<rt></rt></ruby><ruby>な<rt></rt></ruby>

# 一

とかく女は「京で流行《はやり》の」とか「京で作られた」という言葉に弱い。

江戸に幕府が開かれるずっと前から、京は天子様がおわす都だった。はるかなる時の流れにさらされて磨きのかかった美や技は、負けず嫌いの江戸っ子ですら黙らせてしまうものがある。

昔に比べて「江戸好み」や「江戸風」の値打ちが上がってきたとはいえ、紅白粉《べにおしろい》や櫛《くし》簪《かんざし》は言うに及ばず、きものの染めや織りだって頭に「京の」とついていれば、ひときわ上等な品とされる。

はす向かいの菓子司《かしどころ》、淡路堂《あわじどう》の主人が娘のために誂《あつら》える振袖《ふりそで》を「京で染めたい」と言い出したのはそのせいだろう。

跡継ぎ娘のお三和《みわ》と一緒になるのは、札差《ふださし》の次男坊である。本来ならばお三和の兄の平吉《へいきち》が店を継ぐはずだったのだが、遊びが過ぎて婿に出された。妹は新しい菓子の工夫はできても、商いについては明るくない。店のこれからを考えれば、同業の次男か三男と添わせたかったはずである。

しかし、内証《ないしょう》の苦しい淡路堂はこの縁談を断れなかった。

――お三和の相手が好きなのは、甘い菓子を手土産に女のところへ行くことさ。平吉から「持参金がすごい上に菓子好きだ」と聞かされていた綾太郎《あやたろう》は、「持参金がすごい」意味をようやく悟った。

婿本人が立派なら、あえて小判を積まなくていい。薬種問屋の二度目の婿となった平吉ですら、それなりの持参金を求められたという。「持参金がすごい」次男坊は平吉以上のろくでなしに違いない。

それでもお三和は異を唱えず、店のために承知した。しかも「家を出る訳ではないから、豪華な花嫁支度はいらない」と言ったとか。

不甲斐《ふがい》ない父親は結納の際の振袖くらい贅《ぜい》を尽くしてやりたいのだ。値の張るものを着せることで、婿養子を見返したい気持ちもあるのだろう。

そんな親心を察しながらも、呉服太物問屋《ごふくふとものどんや》大隅屋《おおすみや》の跡取りである綾太郎はその頼みを断った。

——江戸にも腕のいい友禅《ゆうぜん》職人はおります。京の染めに負けませんので、どうか任せてくださいまし。

お三和の振袖の色と柄は、きもの始末の職人である余一《よいち》と共に知恵を絞った。雨や風から人や家を守る松の模様は、身内のために我が身をなげうつけなげな娘にふさわしい。しかし、振袖の柄としてはかなり地味なほうである。

こちらが思った通りの色にうまく染まってくれなければ、野暮《やぼ》ったいきものになりかねない。いいものに仕上げたいのなら、目の届く江戸で染めたほうがいい。言葉を尽くして渋る相手を説得した。

そして、無事染め上がった七月末、綾太郎は母屋《おもや》の衣桁《いこう》にかけられた仮絵羽《かりえば》を見てうなずいた。

「うん、思った以上に華やかだ。これなら花魁《おいらん》を見慣れたやつでも目を瞠《みは》ること請け合いだよ」

ぼかしの入った萌黄《もえぎ》の地に赤や白や浅葱《あさぎ》の笠松《かさまつ》が人目を惹《ひ》く。さらに金粉が川のように撒《ま》かれていて、帯で隠れる背の真ん中に「幸」の文字が白く浮かぶ。

淡い色の地に濃い色の模様を並べた場合、ほんの少しの色味の差で見た目がずいぶん変わってくる。自分の見込んだ江戸友禅の職人は、上品さの中にも松の力強さを感じさせる見事な振袖に仕上げてくれた。

　これに銀糸の帯を締めれば、むこうがどんな金持ちでも侮《あなど》られることはないだろう。華奢《きゃしゃ》なお三和が一回り大きく、きれいに見えること請け合いだ。

　――身内のために我が身のしあわせは後回しにする……そういうお人が報われないはずがねぇ。後はまつだけでしあわせになれる。おれはそう思いやす。

　余一が淡路堂に言った言葉はそのまま自分の気持ちである。お三和と一緒になる男はぜひ心を入れ替えて、婿入り先に尽くして欲しい。

　親の金にものを言わせて派手に遊んでいたんだもの。きっと色白の優男だよ。

　顔も知らないお三和の相手を苦々しく思ったとき、なぜか米沢町《よねざわちょう》にある井筒屋《いづつや》呉服店江戸店《えどだな》の主人、愁介《しゅうすけ》の顔が頭をよぎった。

　そろそろあっちも何とかしないといけないね。綾太郎は不機嫌になり、鼻のつけねにしわを寄せる。

　商売敵《しょうばいがたき》の井筒屋からお玉《たま》の出自を教えられ、「離縁しろ」と迫られたのは六月初めのことである。お玉の祖母は京の井筒屋の先代当主の妹で、手代と駆け落ちした挙句、人別《にんべつ》を偽って江戸で商いを始めたとか。

　――人別を偽っている家の娘を娶《めと》ったところで、大隅屋さんにはいっこもええことあらしまへんやろ。そやから、手前は桐屋《きりや》さんに言いましたんや。綾太郎さんの代わりにこの愁介がお玉さんをもらいますって。

寝耳に水の話を聞いて綾太郎は仰天した。

嫁の実家が人別を偽っていることが表沙汰《おもてざた》になれば、大隅屋だってただではすまない。父の耳に入ったら、きっと離縁させられる。

お玉には何の落ち度もないのに、捨てるような真似《まね》はできない。「おまえさんと一緒になってよかった」と笑ってくれる新妻を愁介なんかに渡せるものか。

思い悩んでいたときに、お糸《いと》の思いを踏みにじる余一と言い争いになった。つい「心底惚《ほ》れてりゃ、相手がどんな血を引いていたって構うもんか」と啖呵《たんか》を切り、誰に何と言われようと離縁はしないと腹をくくった。

その覚悟を義理の父である紙問屋桐屋の主人、光之助《こうのすけ》に伝えたところ、思いがけないことを言われた。

――それは綾太郎さんの考えで大隅屋さんは違うでしょう。

ひとり息子の跡継ぎでも、いざとなれば親の言うことに逆らえまい。声なき声が聞こえた気がして綾太郎は手をついた。

――父が選んだ嫁であっても、お玉の亭主はこのあたしです。この先、父が何と言おうとお玉と添い遂げてみせます。

血筋が目当ての父と違い、自分はお玉に惚れている。相手の目を見て言い切れば、光之助の口元が綻《ほころ》んだ。

――それを聞いて安心しました。綾太郎さん、娘をよろしくお願いします。

続けて「女中のおみつはこのことを知っています」と教えられ、びっくりした綾太郎は間の抜けた顔をさらしてしまった。

お玉が嫁入りする前、「大隅屋との祝言を取りやめろ」という脅し文が桐屋に届き、嫌がらせが頻発したという。光之助は井筒屋の仕業と睨《にら》み、嫁入りしてからの娘を案じておみつにのみ打ち明けたとか。

井筒屋が商売を始めて間もない頃、お玉に店の様子を見に行かせようとした。そのとき、おみつが血相を変えて邪魔をしたのは、秘密を知っていたからか。しかし、自分もお玉の秘密を知ったとすぐに教えるつもりはなかった。

余一に袖にされた奉公人をお玉はひどく気にかけている。おみつの様子がおかしくなれば、きっと理由《わけ》を問い質《ただ》すだろう。その末に、「慕っていた祖母が駆け落ち者だった」と知られてしまっては目も当てられない。いずれは話すつもりでいるが、果たしていつになることか。

「まったく困ったもんだね」

顔は衣桁に向けていても、綾太郎の頭の中は愁介の顔で占められていた。

蒸し暑い両国で呼び止められてから、もう少しで二月《ふたつき》になる。その間むこうが手出しを控えていたのは、商いの障りになる嫁を離縁しないはずはないと決めてかかっていたからだ。

――お玉さんはえらいおばあさん子やったと聞いとります。こないな話を聞かされたら、さぞつらい思いをしはるはずや。手前も血ぃのつながったお人を傷つけとうない。黙って去り状を書いてくれはったら、余計なことは言わしまへん。

目当てのお玉に恨まれれば、後の仕事がやりにくい。余計なことを言いたくないのはあくまでそっちの都合じゃないか。

腹立ちまぎれに唸《うな》ったとき、手代の俊三《としぞう》に呼びかけられた。

「淡路堂さんがいらっしゃいましたが、お通ししてもよろしいですか」

心配そうな声で聞かれて綾太郎は我に返る。そういえば、お三和の振袖を見に来てくれとさっき使いを出したのだ。

「見事なできばえに見えますが、若旦那はお気に召しませんか。もし傷があるのなら、淡路堂さんにはお見せしないほうがよろしいかと存じます」

手代は衣桁の江戸友禅に不都合があると思ったらしい。勘違いに気が付いて綾太郎はかぶりを振る。

「あたしの仏頂面はこの振袖のせいじゃない。淡路堂さんも満足されるはずだから、早くお通ししておくれ」

ほっとしたような顔をして俊三が下がる。ほどなくして現れた菓子司の主人は衣桁に掛けられた振袖を見て立ち止まった。

「これはまた見事なものだ」

「安心してお任せくださいと大見得を切った甲斐《かい》がありました。どうぞ近くに寄ってご覧になってください」

綾太郎に促され、淡路堂が衣桁の前に膝《ひざ》をつく。萌黄色の生地にそっと触れて満足そうに目を細める。

「おまえさんはお三和を強い風に黙って耐えるけなげな松だと言ったけれど、まったくその通りだね。これを着た娘の姿が目に浮かぶよ」

振袖の中央にある文字を撫《な》でて淡路堂の主人が呟《つぶや》く。それから、表情を引き締めて振り返った。

「ところで、綾太郎さんにも人には言えない心配事があるようだ。よかったら、私に話してみないか」

「い、いきなり何です。あたしは心配事なんて」

「見事な振袖の礼に力を貸してあげたいんだ。決して他言はしないから、安心して話しておくれ。『亀《かめ》の甲より年の功』と世間でも言うだろう」

気持ちはありがたいけれど、親にも言えない悩みである。いくら長い付き合いでも赤の他人には打ち明けられない。

そもそも何でおじさんがあたしの悩みに気付くのさ。桐屋のおとっつぁんに「お玉とは別れない」と告げてから、前より気を入れて働いているのに。

店の奉公人や親からは見直されたくらいである。綾太郎は動揺を押し隠し、作り笑いで取り繕《つくろ》う。

「あたしに悩みなんかありません。嫁をもらって商いも上々、お三和ちゃんの振袖だって見事に染め上がったのに、どんな悩みがあるってんです」

しらばっくれる綾太郎に、はす向かいの店の主人は眉《まゆ》をひそめた。

「私も見くびられたもんだ。娘に苦労を強いる親は信用できないかい」

「そういう言い方はやめてください。あたしがおじさんを信用しないはずないでしょう」

「だったら、なぜ往来でもの思いに沈んでいる」

じろりと横目で睨まれて、綾太郎は返事に詰まる。

昼は店の手伝いがあり、夜はお玉と一緒に過ごす。自分がひとりになれるのは厠《かわや》の中にいるときと、供を連れずに出たときだけだ。そして、ひとりになるたびに井筒屋のことを考える。

「おまえさんは人一倍いいきものを着ているから、ただでさえ人目を惹く。大隅屋の若旦那《わかだんな》が不景気な面で歩いていれば、妙な勘繰りをされるだろう。万事うまくいっているなら、もっと楽しげな顔をしておいで」

商いは大きくなればなるほど、小さなつまずきが命取りになる。嘘《うそ》でも「大隅屋が危ない」と噂《うわさ》が立てば、たちまち店が傾くよ――きつい口調で諭してから、相手は「もし」と声を落とした。

「お玉さんを嫁にもらって安泰だと思っているなら大間違いだ。後藤屋《ごとうや》さんは孫の婿だからといって甘い顔をするお人じゃない。これは危ないと思ったら、いの一番に付き合いを断ってくるからね」

さらに意外な話をされて綾太郎は驚いた。

父も井筒屋も後藤屋の後ろ楯《だて》が欲しい一心でお玉を望んだのである。淡路堂の見方が正しければ、当てが外れることになる。

「縁続きのおまえさんに聞かせる話じゃないけれど、お三和の縁談を急いだのは後藤屋さんのせいなんだよ」

地獄耳の両替商は淡路堂の内証が苦しいことを聞きつけて、「今後の付き合いを見直したい」と言い出した。それを考え直してもらうために、持参金目当ての縁組を急ぐことになったそうだ。

「後藤屋と付き合いのある商人は信用される。だからこそ縁を切られれば、『淡路堂は危ない』と世間の人は思うだろう。おまえさんは知らないだろうが、そのせいで潰《つぶ》れた店はいくらでもある」

淡路堂は肩を落として衣桁の振袖に目を戻す。その顔つきは座敷に入ってきたときとまるで様子が違っていた。

「もちろん、むこうだって商売だ。甘い顔ができないことは承知している。だが、長年の付き合いを思うと情けなくてね」

ため息まじりの呟きには深い恨みがこもっていた。

倅の持参金はともかく、旗本に強請《ゆす》り取られた金は予想外だったろう。それでも淡路堂の身代が傾いたとまでは言えないはずだ。

情け容赦のない両替商に綾太郎は憤《いきどお》った。

「身内を特別扱いしないのは商人として正しいのでしょう。ですが、今までの付き合いを蔑《ないがし》ろにしていては、江戸一番の看板を守っていけると思えません」

商いは常に儲《もう》かるとは限らない。ちょっとしたつまずきで即座に付き合いを断っていては、後藤屋の商いだって先細るに違いない。

しかし、相手はかぶりを振った。

「私の言い方がまずかったようだ。後藤屋さんは付き合いを大事にしない訳じゃない。身内の情や付き合いの長さより、これから伸びるだろう若い商人の後見《こうけん》に力を入れていなさるんだ」

いかにもばつが悪そうに淡路堂が言い添える。余計なことをしゃべりすぎたと後悔しているようにも見えた。

「商いを始めて間もない店ほど、江戸一番の両替商の力添えを欲しがっている。後藤屋さんのやり方が間違っているとは言えないよ」

「でも、若い商人ほど大きな利を得ようとして危ない橋を渡りがちです。後押しした店が潰れたり、夜逃げをするようなことになれば、後藤屋の看板にも傷がつきます。手堅いはずの両替商が博奕《ばくち》まがいの真似をするとは」

信じられませんと続ける前に、相手は笑って遮《さえぎ》った。

「並みの両替商にとっては博奕でも、後藤屋にとっては博奕じゃない。だから江戸一番の信用を誇るのさ」

「どういうことですか」

「後藤屋の大旦那に見込まれた商人はみな大店の主人に成り上がっている。まったく恐れ入った眼力だよ」

感心しきった口ぶりからして、淡路堂は「大旦那の眼力」を心から信じているのだろう。綾太郎は呆気《あっけ》に取られ、ひと呼吸して噴き出した。

「まさか。広小路《ひろこうじ》の人相見じゃあるまいし」

「あんないい加減なものと一緒にしちゃいけない。おまえさんは大旦那と話をしたことはないのかい」

「ええ、祝言のときに挨拶《あいさつ》をしただけです」

そのときはごく普通の年寄りにしか見えなかった。すると、相手は面白がるような顔つきになる。

「だったら、ちゃんとお目にかかってみるといい。そうすれば、私の言ったことが信じられるようになるだろう」

「あたしはおじさんを疑っている訳じゃありません」

「だが、信じてもいないはずだよ」

「それは」

「大旦那はなかなか人と会わないが、孫娘の頼みなら嫌とは言うまい。それに綾太郎さんならお眼鏡にかなうかもしれないしね」

そうなれば大隅屋は安泰だと淡路堂は持ち上げる。すかさず「あたしなんか」と謙《けん》遜《そん》しながら、綾太郎は別のことを考えていた。

二

季節の境目はいつだってはっきりしない。特に、夏から秋への移ろいはわかりづらい。

暑い暑いと言いながら団扇《うちわ》でやぶ蚊を払っている間に、騒がしい蟬《せみ》はいなくなり、草むらからはこおろぎのもの悲しい声が聞こえ出す。夏の終わりと秋の初めは足並みを揃《そろ》えてやってくる。

「秋来《き》ぬと目にはさやかに見えねども、か。昔の人はうまいことを言うもんだ」

八月三日の朝四ツ（午前十時）過ぎ、綾太郎は羽織の袖口《そでぐち》を摘まんで引っ張る。日のある間はまだ暑いが、吹く風は前ほど湿っていない。

これから米沢町の井筒屋へ行って話をつける。淡路堂の話のおかげで、お玉から手を引かせる算段を思いついたのだ。

大丈夫、話の進め方次第でうまくいくはずだよ。お玉を嫁にしたところで後藤屋の後ろ楯が得られると決まっている訳じゃない。汚い真似をせずに己の才覚で勝負しろと煽《あお》ってやればいいんだから。

脅しはもろ刃の剣である。失うものを何も持たないごろつきならいざ知らず、大店《おおだな》の主人が自ら行うものではない。愁介はこちらが言いなりになると思えばこそ、自ら脅しをかけたのだ。

だが、綾太郎にその気はないし、五代続いた大隅屋を自分の代で潰す気もない。むしろ今より大きくして我が子の代につなげたいから、桐屋の人別に関《かか》わる秘密は何としても伏せておきたい。

井筒屋には足利《あしかが》の御代《みよ》から続く老舗《しにせ》の看板があるじゃないか。後藤屋の後ろ楯がなくたって、やっていけるはずなのに。

口を尖《とが》らせた綾太郎は、淡路堂から言われた別のことを思い出す。

――大隅屋の若旦那が不景気な面で歩いていれば、妙な勘繰りをされるだろう。万事うまくいっているなら、もっと楽しげな顔をしておいで。

慌てて唇を引っ込めたとき、むこうから歩いてくる若い娘と目が合った。笑いをこらえる娘の腰には桃色と藤色の二色のしごきが結ばれていた。

今年の正月、商いを始めた井筒屋は店の引き札と引き換えに絹のしごきを娘に配った。井筒屋の名は一気に広まり、間もなく美人番付の噂が立った。

真っ赤なしごきは美人の証《あかし》、しごきの色が薄くなるほど娘の器量は下がっていく――噂を耳にした娘たちは井筒屋のしごきを締めなくなった。真っ赤なしごきをもらえたのはほんの一握りだったらしい。

そして秋になって、二色の布《きれ》を縫い合わせた派手なしごきが流行り始めた。その多くは井筒屋のしごきを縦に裂き、娘同士で交換して縫い合わせたものらしい。もちろん美人番付とは関係ない色――白や萌黄、水浅葱などと縫い合わせたしごきもあった。井筒屋からもらったしごきでも、二つの色が合わされば美人番付と縁が切れる。娘たちは心の中でそう訴えているのだろう。

愁介のやり方は気に入らないが、江戸中の話題をさらって店の名を広めたのは間違いない。後藤屋の大旦那に気に入られる余地はあるはずだ。

もし気に入ってもらえれば、お玉を手に入れるまでもない。逆に機嫌を損ねれば、この先何があろうともお玉の婿にはなれなくなる。どっちに転んだとしても、愁介を遠ざけることができる。

むこうだって桐屋の先代が人別を偽ったという確たる証がある訳じゃない。後藤屋の大旦那に秘密を明かしたりしないはずだよ。

広小路の人混みを抜けた綾太郎は、ひと息ついて井筒屋のまだ新しい暖簾《のれん》をくぐる。それから店の中を見て「おや」と思った。客と手代の数が前より減ったような気がしたからだ。

衣替えはまだ先だが、袷《あわせ》や綿入れを仕立てるには手間と暇がかかる。女たちはすでに支度を始めているだろうに。

綾太郎がとまどったとき、すぐ横から声がした。

「ようこそおこしやす。今日はどないな反物をお探しで」

「あたしは通町《とおりちょう》の呉服太物問屋、大隅屋の跡継ぎで綾太郎と申します。こちらの御主人にお話があって参りました」

たちまち手代は顔色を変え、店の奥へと足早に去る。それからすぐに戻ってきて、前回と同じ母屋の小座敷に案内された。

「主人はすぐに参ります。ここで待っといておくれやす」

手代の言葉に嘘はなく、愁介は間もなくやってきた。紋付き羽織の綾太郎を見て、満足そうな笑みを浮かべる。

「ようやく決心がつかはりましたか。いけずせんとお待ちした甲斐がありました。それでお玉さんはいつ桐屋に帰らはりますか。ええ、後のことは手前が引き受けます。すべて任せておくれやす」

秀でた額に通った鼻筋、切れ長の目を細めた顔にうっとりする女は多いだろう。それなのに他人《ひと》の女房を欲しがるなんて、性質《たち》が悪いにもほどがある。

胸の中で罵《ののし》れば、愁介がわずかに首を傾《かし》げる。

「どうしはりました。まさか、お玉さんが身籠ったんじゃ」

「あたしはお玉と別れませんから」

相手の言葉を遮って綾太郎は言い返す。愁介が形のいい眉をひそめた。

「桐屋の先代夫婦は駆け落ち者で、人別を偽ってお上と世間を謀《たばか》っていた。そう瓦版《かわらばん》に書きたてられても構へんとおっしゃいますか」

予想通りの脅し文句に自ずと肩に力が入る。

ここで覚悟を示さなければ、「後藤屋の大旦那と引き合わせる」と言ったところで、相手は耳を貸さないだろう。綾太郎は鼻息荒く相手の顔を睨みつけた。

「でしたら、こっちも瓦版に書くとしましょうか。桐屋の先代の御新造《ごしんぞ》が手代と江戸に逃げたのは、京の井筒屋でひどい目に遭ったからだって。そして二人は艱難辛苦《かんなんしんく》を乗り越えて、見事に江戸で一旗揚げた。いかにも江戸っ子が好みそうな出世話じゃありませんか」

桐屋の素性を暴くことは井筒屋の評判を貶《おとし》めることにもなる。わかっているのかと詰め寄れば、愁介はあっさりうなずいた。

「判官贔屓《ほうがんびいき》の江戸っ子は桐屋に肩入れするかもしれまへんな。せやけど、お上はどうですやろ。人別を偽った商人をそのままにしておきますやろか」

「お上は世間と違います。確かな証がなければ動きません」

「こっちも確かな証もなしにそないなことは言わしまへん」

二月前は「古い話ではっきりした証はない」と言っていたのに、まさか証が見つかったのか。綾太郎はぎくりとしたが、顔には出さないようにした。

お玉の祖父母が駆け落ちしたのは、およそ五十年も前のことだ。人別を偽ったという証がたやすく見つかるはずがない。愁介は思わせぶりな言葉で揺さぶりをかけ、優位に立とうとしているだけだ。

かくなる上は一か八か。綾太郎は下っ腹に力を込める。

「だったら、お恐れながらと訴えてみるがいい。井筒屋の主人は江戸でしあわせに暮らしていた親戚《しんせき》をお上に売った冷血漢――世間は誰しもそう思うだろう。義理人情に篤《あつ》い江戸っ子がそんな店で反物なんか買うもんか」

「何やて」

「都育ちのあんただって赤穂義士《あこうぎし》の討ち入りは聞いたことがあるだろう。見事に本懐を遂げた後、討ち入りに加わらなかった腰抜け共がどうなったか知ってるかい？　江戸っ子から白い目で見られて、生き恥をさらすことになったのさ」

刀を捨てて商いをしていた者の店には客が寄りつかなくなった。他家に仕官していた武士でさえ、浅野《あさの》家に仕えていたことがわかると後ろ指を指され、ろくに買い物もできなくなったという。

時代がかった脅し文句を、愁介は「あほらしい」とせせら笑う。

「百年も前の話やおへんか」

「百年、いや二百年経ったって江戸っ子の心意気は変わらない。嘘だと思うなら、試してごらん」

あくまで強気に言い切れば、初めて相手の目が怯《ひる》む。綾太郎はしめたと思った。

人の弱みに付け込む者は「卑怯《ひきょう》な真似をした」という弱みを持つ。相手と刺し違える覚悟があれば、言いなりになる必要はない。

「足利の御代から続く看板を自らの手で汚すなんて、おまえさんも変わったお人だね。井筒屋のご先祖様もさぞがっかりなさるだろう」

「…………」

「それに桐屋の素性を公《おおやけ》にして、敵に回すのは桐屋と大隅屋だけじゃない。娘と孫娘を泣かされた後藤屋からも恨まれるよ」

江戸一番の両替商の名を出せば、愁介が顔を歪《ゆが》めて歯ぎしりする。後藤屋に近づくためにお玉を娶ろうとしたのだ。恨まれては元も子もなくなってしまう。

息を詰めて返事を待てば、相手はいきなりあぐらをかいて煙草盆《タバコぼん》を引き寄せる。それからおもむろに煙管《キセル》をくわえて白い煙を吐き出した。

どんなに行儀が悪くても色男は様になる。呆気に取られる綾太郎の前で、愁介は煙管を灰吹きに打ち付けた。

「後藤屋の恨みを買うのは御免どす」

「それじゃ、お玉は諦《あきら》めてくれるね」

駄目押しのつもりで念を押せば、いきなり愁介がふてくされた。

「桐屋が人別を偽っていると知れば、一も二もなく離縁してくれはると思ったのに」

綾太郎が拒絶するとは夢にも思わなかったらしい。不満をあらわにする顔はびっくりするほど子供っぽかった。

「こんなことなら、若旦那に死んでもらえばよかったわ」

「えっ」

「火事と喧嘩《けんか》は江戸の華とか。これから先、思いがけない災難があってもお玉さんのことは心配せんといておくれやす。出戻りよりも後家のほうが肩身も広うおますやろ」

再びにこやかになった相手の顔をまばたきも忘れて見入ってしまう。性質の悪い冗談だと思いたいが、目の前の色男は実際に桐屋に嫌がらせをしているのだ。

まさかとは思うけど……ひょっとして、ひょっとするんだろうか。綾太郎の背筋が震えたとたん、愁介が噴き出した。

「そないに真っ青な顔をして。手前の冗談を真に受けはりましたのか」

「い、い、いいえ」

ぎこちなく首を横に振ったものの、どうにも尻が落ち着かない。震える手に力を込めて膝頭を掴む。

「い、井筒屋さんはお玉と一緒になれば、ご、後藤屋が後ろ楯になってくれると思っているんだろう。で、で、でも、それは大間違いだよ」

もつれる舌を動かすと、愁介が訝《いぶか》しげに眉を寄せる。綾太郎は落ち着くために大きく息を吸って吐いた。

「江戸一番の両替商、後藤屋は身内の情に流されやしない。後押しをして欲しいなら、大旦那に商人として認められなきゃ駄目なんだ」

「それは初耳どす。若旦那かて後藤屋の後ろ楯が欲しい一心で、お玉さんと一緒にならはったんやろ」

「そう思ったのは、あたしじゃなくて父親さ。それに一緒になってからお玉自身に惚れたんだ。家柄や血筋に惚れたんじゃない」

むきになって言い返せば、愁介が不満げに鼻を鳴らす。

「いったい何を言わはりたいのや。のろけやったら勘弁しておくれやす」

「あ、あたしが言いたいのはのろけじゃなくて、後藤屋の力添えが欲しいなら正々堂々と己の才覚で認められろってことさ。京の老舗の跡継ぎなら薄汚い小細工なんてするんじゃないよっ」

言いたいことを言ったとたん、相手の顔が見事に引きつる。再び煙管をくわえたのは痛いところを突かれたからか。

井筒屋で扱っているものは、その値に見合ういい品である。しごきを配ってあっという間に名を広めた手腕があれば、汚い真似をしなくても立派にやっていけるはずだ。

相手の吐き出す煙から顔をそむけ、綾太郎は言葉を続けた。

「お玉を諦めてくれるのなら、後藤屋の大旦那に引き合わせてやるよ。おまえさんがじかに会って口説いてみればいいじゃないか」

「商売敵に手を貸すて言わはりますか」

「さて、手を貸すことになるかねぇ。大旦那に見込んでもらえなければ、何のうまみもないけれど」

あえて見くびるような言い方をして勝気な相手をその気にさせる。愁介のこめかみがびくりと動き、すぐに食えない笑みを浮かべた。

「手前は年寄りより女を口説くほうが得意どす」

「お玉はあたしに惚れているから、大旦那のほうが口説きやすいよ」

鼻持ちならない台詞《せりふ》を吐けば、相手は目をしばたたく。それから、うれしそうに破顔した。

「若旦那がこないに面白いお人やったとは。商売敵やなかったら、仲ようなれたかもしれまへん」

「あいにくだね。あたしはどんな稼業でも仲よくなるのは御免だよ」

人を脅すような輩《やから》と仲よくなんてなりたくない。拒絶したにもかかわらず、愁介の表情は変わらなかった。

## 三

大川のむこう岸は年の瀬までやぶ蚊が出るという。

日本橋界隈《かいわい》は秋が深まるにつれて蚊帳《かや》の出番が少なくなる。

もっとも、衣替えと違って「いつになったら片づける」と決まっている訳ではない。嫁のお玉はせっかちなのか、八月に入るとすぐに蚊帳を納戸《なんど》に片づけた。

すでにこおろぎは鳴いていても、夜になればやぶ蚊が飛ぶ。「まだ早いだろう」と言ったところ、お玉はうっすら頰《ほお》を染めた。

——蚊帳は狭くて暗いから……おまえさんといると落ち着かなくて。

それを聞いた夫はますます蚊帳をつりたくなったが、さすがに口にはしなかった。

だが、八月三日の晩だけはもう一度蚊帳をつりたくなった。狭くて暗いところのほうが内緒の話はしやすいのだ。

枕元《まくらもと》には有明行灯《ありあけあんどん》が灯《とも》されていて、並べて敷かれた布団の上でお玉は行儀よく正座をしている。寝巻として着ている浴衣は白地に紺の朝顔柄で、綾太郎が着ている寝巻は紺地によろけ縞《じま》である。

お玉が縫ってくれた浴衣は今も取り上げられたままだ。この調子では年内に袖を通すのは難しいだろう。

――おみつが元気になるまでは着ないでくださいまし。

やさしいお玉はそう言うが、余一はおみつの片思いにかけらも気付いていなかった。お玉の大事な奉公人の恋の痛手は深そうである。

自分と派手に言い合った後、余一とお糸はどうなったのか。気にかかってはいるものの、もっと大事なことがある。綾太郎はちらちら様子をうかがいながら、横にいる妻に話しかけた。

「実はお玉に頼みがあるんだ。おまえにしかできないことなんだよ」

「何ですか、改まって」

「近いうちに平吉を後藤屋の大旦那に引き合わせたい。お玉から大旦那に頼んでくれないか」

「平吉さんって、おまえさんの幼馴染《おさななじ》みで薬種問屋に婿入りしたっていう」

「そう、その平吉だよ。淡路堂さんからどうしてもって頼まれてね」

すかさず身を乗り出せば、お玉はとまどった顔をする。

平吉が遊び人であることはすでに耳に入れてある。そんな男を祖父に会わせてどうするのかと思ったようだ。

「婿入り先で肩身が狭いといつもこぼしているからさ。大旦那に気に入られれば、杉《すぎ》田屋《たや》での平吉の株も上がるだろう」

「でも、おじい様は」

「わかってるって。あたしだって平吉が気に入られるなんて思っちゃいない。でも、大旦那に会ってもらえるだけで家付き娘の女房はあいつを見直すと思うんだ。奉公人の見る目だって変わってくると思うんだよ」

綾太郎は言い足して、ためらう妻に手を合わせる。ここで「嫌だ」と断られると、こっちが困ったことになる。

嘘をつくのは気が引けるが、井筒屋の名は告げられない。商売敵というだけでなく、綾太郎は店先で愁介に恥をかかされていた。

そんな相手に便宜を図ると思われたら、お玉はもとより父や奉公人から「どういうつもりだ」と問い質される。特におみつは血相を変えて嚙《か》みついてくるだろう。そこで、幼馴染みの名を借りることにしたのである。

　会う段取りさえついてしまえば、後はいくらでもごまかせる。大旦那には当日、「平吉の具合が悪くなったので、代わりを連れて参りました」と言えばいい。その後のことは……たぶん何とかなるはずだ。

「それにあたしもお会いしてみたいんだ。祝言のときは挨拶しかできなかったからね。江戸でも指折りの大商人にいろいろ教えてもらいたいのさ」

　どうか「うん」と言ってくれ。

　猫撫で声で頼み込むと、お玉はためらいがちに口を開く。

「どうしてもとおっしゃるなら頼んでみます。でも、あたしはあまり気が進みません」

「何でだい」

「おまえさんにおじい様を見倣《みなら》って欲しくないの」

　予想外の返事に綾太郎はまばたきをした。

　後藤屋の先代は江戸でも知られた商人である。商う中身が違っていても、手本にすべき人物だろう。よりによって孫娘から「おじい様を見倣って欲しくない」と言われるとは思わなかった。

どうやらお玉もまずいことを言ったと思ったらしい。亭主のまなざしを避けるように、目を伏せて布団の隅を引っ張る。

「おじい様はすごい商人なんでしょうけど、あたしは苦手です」

「さては、子供の頃に厳しくされたのかい」

淡路堂は後藤屋を「身内の情に流されない」と言っていた。孫にもうるさかったのかと思いきや、お玉は首を左右に振る。

「いいえ、後藤屋のおじい様に叱《しか》られたことなんて一度もありません。その分、桐屋のおばあ様にはいつも叱られていましたけど」

「へえ」

「おじい様はあたしが何か欲しがると、すぐに買ってくださったの。それを持って桐屋に帰るたび、怖い顔をしたおばあ様に叱られたわ」

「何でも買ってくれたのに、おじい様は嫌いなのかい」

お玉が実の母よりも祖母を慕っていたことは知っている。だが今の話を聞く限り、叱ってばかりの厳しい祖母よりやさしい祖父になつきそうなものだ。

首を傾げる綾太郎に、お玉は「だって」と呟いた。

「おじい様はあたしなんてどうでもいいんだもの。ものを買ってくれるのはおとなしくさせるためなのよ」

母に構われなかったお玉は、母方の祖父にもひねくれた見方をしているらしい。綾太郎は何となく大旦那の肩を持ちたくなった。

「あたしは祝言のときに顔を合わせただけだけど、大旦那はお玉の花嫁姿を見て喜んでいたじゃないか。どうでもいいなんてことは絶対にないよ」

「…………」

「おまえの従兄弟《いとこ》は男ばかりだろう。ひとりしかいない孫娘がかわいくて、猫かわいがりしていたのさ」

父親は息子より娘に甘い。「お玉はひとり娘の産んだ孫娘だから余計にかわいかったんだ」となぐさめれば、なぜかため息をつかれてしまう。

「おまえさんって本当にいい人ね」

「それはどういう意味だい」

妻の口ぶりは呆《あき》れているようにしか聞こえない。眉を寄せた亭主の前でお玉は首を左右に振った。

「言葉通りの意味ですよ。悪い人に騙《だま》されやしないかと心配になるわ」

「無駄な心配さ。おまえの亭主は案外しっかりしているんだ」

今日だって井筒屋を言い負かし、おまえを守ってやったんだぞ。胸の中で続けたとき、お玉が小さく肩をすくめた。

「最初はあたしだっておまえさんが言ったように思っていたわ。あたしと違って弟は叱られることもあったから」

「だったら、どうしてどうでもいいなんて思ったのさ」

「あたしはおじい様が味方だと思い込んでいたから、おっかさんのことを言いつけたの。弟ばかりかわいがるおっかさんを叱ってちょうだいって」

子供にとって親の言うことは絶対だ。母も祖父の言うことならば従うはずだと思ったらしい。しかし、いつもは甘い祖父がそのときに限ってお玉の言うことを聞いてくれなかったという。

「陽太郎《ようたろう》は桐屋の跡継ぎだから、教えなければいけないことがたくさんある。いずれ嫁に行くだけのおまえとは違うんだって。そのときから、あたしは母方の祖父に甘えなくなったのよ」

昔の思い出を語りながら、お玉はそっと目を伏せる。ほのかな灯《あか》りに照らされた横顔を見つめ、綾太郎は妻の言葉を思い出した。

――あたしは二人がお似合いだと思うんです。おみつは親と折り合いが悪いし、余一さんは身寄りがいないでしょう。さびしい二人が一緒になれば、うまくいくと思います。

綾太郎も子供の頃、母に構ってもらえなかった。お玉はそれも踏まえた上で、おみつと余一がお似合いだと思ったのか。

どこの家でも跡継ぎ息子は特別扱いされるものだ。同じ血を引く他の子供は心の底で不満に思う。特にお玉は姉だから、後から生まれた跡継ぎがより妬《ねた》ましかったに違いない。

後藤屋の大旦那も子供相手に馬鹿なことを言ったものだ。適当に相槌《あいづち》を打っておけば、幼いお玉はごまかされてくれただろうに。

腹の中でこぼしたとき、お玉の唇が綻んだ。

「やっぱり、あたしはおまえさんと一緒になってよかったわ」

今の流れでどうしてそんな言葉が出てくるのか。理由を尋ねた綾太郎にお玉はうれしそうに笑う。

「おじい様のおっしゃる通りだって、おまえさんは言わないもの」

「そりゃそうさ。あたしに弟はいないけれど、やっぱり実のおっかさんに構って欲しかったもの」

母親が弟にかかりきりだったから、幼いお玉は祖母になついた。その祖母から受け継いだ血が今頃になって祟《たた》るとは何と因果なことだろう。

苦い思いを呑《の》み込んで、綾太郎は明るく言った。

「あたしはひとりっ子だから、昔は弟か妹が欲しかったな」

「あら、あたしは小姑《こじゅうとめ》がいなくてよかったですよ」

お玉は朗らかな笑みを浮かべ、ふと表情を改める。

「今にして思えば、おっかさんを桐屋に嫁がせたのも面倒を避けるためだったと思うの」

「面倒ってどんな」

「さんざん甘やかされたおっかさんに大店の嫁は務まらない。出戻ってこられるくらいなら、好きな相手に嫁がせようとおじい様は思ったのよ」

「いくら何でもそれはないさ」

突拍子もないお玉の見方に綾太郎は噴き出した。

大旦那は娘が桐屋に嫁ぐことを反対したと聞いている。江戸一番の両替商と名前を知られ始めたばかりの紙問屋では、まるで釣り合わないからだ。

しかし、最後はかわいい娘の懇願に負け、後藤屋と縁続きになった桐屋は身代を大きくしたのである。

「どうでもよければ、反対なんかしないだろう」

「おじい様が一度反対したのは、実家に逃げ帰れなくするためよ」

わがままな娘が嫁ぎ先で姑とうまくやれるはずがない。それをわかっていた祖父は後で泣きつくことができないように、あらかじめ先手を打ったのだとお玉はきっぱり言い切った。

「親の反対を押し切って一緒になれば、添い遂げるに違いないと思ったのよ。実際、桐屋のおっかさんとおばあ様はとても折り合いが悪かったもの。親に押し付けられた縁組だったら、さっさと離縁していたでしょう」

かわいい見た目を裏切って、妻はとても冷めた目で祖父や母を見ていたようだ。

とはいえ、お玉の言い分はそれなりに筋が通っている。江戸一番の両替商が先々のことを考えないはずがない。そしてそんな人でさえ、桐屋の人別が偽りだと見抜くことはできなかった。

――後藤屋の大旦那に見込まれた商人はみな大店の主人に成り上がっている。まったく恐れ入った眼力だよ。

商才の有無は見抜けても、流れる血までは見抜けない。顔をしかめた綾太郎の膝に妻の白い手が触れた。

「だから、あたしはおまえさんにおじい様を見倣って欲しくないの。ずっと後藤屋には頼らない、自分ひとりの力で大隅屋を大きくすると言っていたのに、急にどうしたっていうんです」

いきなり話が元に戻り、綾太郎ははっとする。お玉の気持ちはわかったけれど、ここで引く訳にいかなかった。

「心配いらないよ。あたしは大旦那のようにはなりたい訳じゃない」

「それなら、別に会わなくたって……おじい様は商いがからむと、どこまでも冷酷になれる人です。きっと厳しいことを言われるわ」

心配そうなまなざしに妻がためらう訳を知る。夫が祖父と話をして、幼い日の自分のように傷つくことを恐れているのか。

あたしがお玉を守ろうとしているように、お玉もあたしを守りたいんだね。綾太郎は微笑《ほほえ》んで妻の手の上に手を重ねる。

「大丈夫だって。こう見えて小言は言われ慣れているんだ」

「でも」

「商いのことで厳しいことを言われるのは、むしろ望むところだよ。お玉だって叱ってくれた桐屋のおばあ様が好きだと言っていたじゃないか」

心にもないほめ言葉より、相手を思うがゆえの叱責《しっせき》のほうがありがたい。断固とした口調で言えば、こちらの覚悟が伝わったようだ。ややしてうなずいたお玉に綾太郎は大事なことを付け足した。

「うちのおとっつぁんに知られたら、大騒ぎするに決まっている。このことはあたしとおまえだけの秘密だからね」

おみつにも言ってはいけないと念を押せば、お玉は神妙な顔でうなずいた。

## 四

「せやったら、八月十五日の晩に下谷竜泉寺町《したやりゅうせんじまち》にある大旦那の隠居所までうかごうたらええんどすな」

八月十日の昼八ツ（午後二時）過ぎ、綾太郎は井筒屋の奥の小座敷で愁介と向かい合っていた。

「ああ、お玉の口利きで一緒に月見をすることになった。ところでおまえさん、竜泉寺町はわかるかい」

　下谷竜泉寺町は江戸の北端にあり、周りは田んぼや畑ばかりだ。知らないだろうと思って聞けば、相手は品のない笑い方をする。

「竜泉寺町いうたら吉原のすぐそばどすな。大旦那は若いお供を連れて繰り出さはるおつもりやろか」

　吉原では四季折々の行事にかこつけて、強引に客を呼び寄せる。

　中でも「中秋《ちゅうしゅう》の名月」は盛大で、九月十三日の「後《のち》の月」も付き合わされる羽目になる。しかも、そういう日は紋日《もんび》といって揚代《あげだい》が倍になるのだから、女郎に縋《すが》られる客はたまったものではなかった。

「そないなところに隠居所を建てはるなんて、お年の割にお盛んどすな」

　もし大旦那がお盛んだったとしても、孫娘の婿を連れて紋日の吉原に行くものか。

　綾太郎は「あいにくだけど」と手を振った。

「月が昇る頃合いを見計らって、来て欲しいってさ。文字通り月を見るだけで酒や料理は出ないらしい」

「何とまぁ、しわいこと」

　普通の月見は酒や料理を楽しみながら、ついでに月を眺めるものだ。嘆くのも無理はないけれど、こちらがお願いして場を設けてもらったのだ。もてなしを期待するほうがずうずうしい。

「酒や肴《さかな》は出なくても、後藤屋の大旦那には会えるんだ。それだけでいいじゃないか」

「へえ、そういうことにいたしましょ」

「当日のきものには気を遣っておくれ。呉服太物問屋の跡継ぎがどんな恰好《かっこう》で月見に来るか、楽しみにしていると言っていたそうだから」

「それは大隅屋の若旦那が言われはったことどすやろ」

後で口裏を合わせるために、平吉の名を借りたことはすでに伝えてある。からかうような口を利かれて綾太郎はむっとした。

しかし、ここで怒ってはお玉を守ることはできない。帯の上から腹に手を当てゆっくり息を吐き出した。

「当日は二人だけで来るように言われているから、供はなしで来ておくれ。隠居所のそばにお不動様がある。そこで落ち合うことにしよう」

今日だって綾太郎は奉公人に気付かれないよう、こっそり店を出てきたのだ。井筒屋の主人といるところをうっかり他人に見られたら、何かと面倒なことになる。

「隠居所は大旦那と下男がいるだけの侘《わ》び住まいらしい。手土産は持ってくるなと言われているから、余計な気遣いは無用だよ」

お玉から聞いた通りに伝えれば、なぜか愁介が目を剝《む》いた。

「その言葉を真に受けて、手ぶらで行かはるつもりどすか」

「いけないかい？」

相手が要らないと言うのだから、その通りにすればいい。ところが、愁介は頭が痛いと言わんばかりに額を押さえる。

「好きにしなはれ」

どうやら愁介は土産を持っていくつもりらしい。そっちこそ勝手にすればいいと腹の中で舌を出した。

――おまえさんにおじい様を見倣って欲しくないの。

孫娘の見る目が正しければ、後藤屋の大旦那は娘や孫への情が薄く、店のことしか考えていない人である。似た者同士の愁介とは恐らく気が合うだろう。商売敵を勢いづかせるのは癪《しゃく》に障るが、お玉のためなら耐えられる。

そして、綾太郎が話をすませて大隅屋の母屋に戻ったとたん、お玉がそばに寄ってきた。

「お帰りなさい。余一さんは何と言っていましたか」

どうしていきなり余一の名が出てくるのか。綾太郎が目を丸くすると、お玉も驚いた顔になる。

「余一さんのところでなければ、どこへ行っていたんです。はす向かいの淡路堂さんに用件を伝えるだけだったら、これほどかからないでしょう」

「ほ、他にも用があったんだよ。お玉こそ、どうしてあたしが余一のところに出かけたと思ったのさ」

何かと縁があるものの、特に親しい訳ではない。「用もないのに行くものか」と綾太郎が口にすれば、「用ならあるでしょう」と言い返された。

「おじい様とのお月見に何を着るか。余一さんと相談しないと」

「お玉、声が大きいよ」

綾太郎は焦ったが、近くにおみつの姿はない。「秘密にしてくれ」と言ったことを妻はちゃんと守っている。

「あのおじい様が『楽しみにしている』とおっしゃったんです。ここで売り込まなくてどうしますか」

意気込む妻の姿を見て綾太郎は意外に思う。「だって、おまえは」と言いかけて、続く言葉を呑み込んだ。

見倣って欲しくはないけれど、「お玉の婿は見どころがある」と祖父に思って欲しいのか。複雑な本音に気が付いて綾太郎は苦笑した。

「大丈夫だよ。おまえの亭主として恥ずかしくない恰好をしていくから」

「恥ずかしくない恰好じゃなく、さすがと言わせる恰好をしてください」

「お玉、ちょっと落ち着いて」

「あたしはおまえさんをおじい様にほめてもらいたいの。どんなきものを着ればいいか、今すぐ余一さんに聞いてきて」

目の色を変えて懇願されて、綾太郎の機嫌が傾く。どうやらお玉は亭主より余一を信じているようだ。

綾太郎だってその腕前は認めているが、余一はあくまで職人である。商人の何たるかを知らない男に相談してどうなるのか。

「あたしも見くびられたもんだね。これでも大隅屋の跡継ぎだよ。自分の着るものくらい自分で決めるさ」

今まで余一に相談したのはすべて他人のきものである。自らが着るものを相談したことは一度もない。

「大旦那をきものであっと言わせたいなら相談してもいい。余一の工夫と腕は飛び抜けているからね。だが、両替商の大旦那が奇抜なきものを好むとは思えないよ」

信用第一の商人に奇をてらっても仕方がない。努めて穏やかに言い聞かせても、お玉は頑として譲らなかった。

「だからって、ありきたりな恰好をして行けば、おじい様に侮られます。呉服屋の跡継ぎのくせに何の工夫もないって」

「そんなことはないだろう」

「おまえさんよりあたしのほうがおじい様をよく知っています。その上で言っているんです」

妻の言い分はわかるものの、こっちにだって言い分はある。どうしたものかと思っていたら、お玉は「それに」と付け足した。

「あたしはおまえさんを見くびっているつもりはありません。でも、今まで余一さんに相談をして裏目に出たことがありますか」

「…………」

「大隅屋のためになるのなら、使えるものは使いましょう」

きっぱり言い切る妻の目は今までになく真剣である。綾太郎が怯んだ隙《すき》に、さらに予期せぬことを言う。

「おみつを泣かせた償いもまだしてもらっていませんし」

「いや、それは違うだろう」

おみつが勝手に惚れた挙句、これまた勝手に諦めたのだ。さすがに余一の肩を持てば、お玉の目がつり上がる。

「そう思うなら、おまえさんが余一さんのところへ行ってください。それとも、あたしが行きましょうか。おまえさんが余一さんのところへ行ってください」


これ以上夫婦で言い争えば、当のおみつが出てくるだろう。綾太郎はのろのろと腰を上げた。


「……今日はどんな用ですか」

綾太郎を前にして余一は低い声で聞く。その顔がつくづく嫌そうで、こっちもますます不機嫌になる。

「あたしだって来たくて来た訳じゃない。とりあえず中に入れておくれ」

いつもなら「だったら帰れ」と言われるところだが、今日に限って余一はすんなり入れてくれた。勝手知ったる何とやら、綾太郎は上《あが》り框《がまち》に腰を下ろすと気になっていたことを聞く。

「あれからお糸ちゃんとはどうなったんだい。まさか、礼治郎《れいじろう》のやつに渡しちまったんじゃないだろうね」

面と向かって尋ねたところで、へそ曲がりの職人はどうせ答えてくれないだろう。「若旦那には関わりねぇ」と睨まれるだけだと思っていたら、

「一緒になることになりやした」

二呼吸おいて返事があり、思わず耳を疑った。その後、余一が口にした言葉の意味を吟味する。

「誰と、誰が」

普通に考えれば、余一とお糸が一緒になるということのはずだ。しかし、今までのことを考えると一抹の不安が残る。

もし「天乃屋《あまのや》の若旦那とお糸ちゃん」と言おうものなら引《ひ》っ叩《ぱた》いてやる。そんな思いで見据えれば、余一は無言で目をそらした。

「何だい、男のくせにはっきりしないね。おまえさんとお糸ちゃんが一緒になる。そういうことじゃないのかい」

返事を待っていられなくなり、上り框を手で叩《たた》く。やゃして余一が「その通りで

さ」と顎《あご》を引いた。

「けど、だるまやの親父《おやじ》さんにはまだ許してもらってねぇんで」

本決まりじゃないと続けられ、綾太郎はめまいを覚える。

「ちょいとお待ちよ。それじゃ、お糸ちゃんのおとっつぁんが許さなければ、一緒にならないつもりかい」

「いえ、どれほど時がかかっても必ず許してもらいやす。おれは二度と引く気はねぇんで」

言い切った余一の目にもはやためらいは見られない。ようやく覚悟を決めたかと他人事ながらうれしくなった。

――何べんも諦めようと思いました。おとっつぁんだって反対しているし、この先思い続けたって望みはないかもしれないって。それでも、あたしは好きなんだもの。たとえ一緒になれなくても、あの人しか好きになれないもの。たとえみっともなくたって、勝手に思うことくらい見逃してくれてもいいでしょうっ。

あれは去年の四月頃、神田明神《かんだみようじん》の境内《けいだい》で潤んだ目のお糸に睨まれた。あの一途《いちず》な恋心がようやく報われる時が来たのか。

「若旦那には親父さんの許しをもらってから、話すつもりでおりやした」

余一も一応義理は感じているらしい。遠慮がちな姿を見て綾太郎の口元が綻んだ。今なら嫌みを言ったりせず、力を貸してもらえそうだ。この機を逃すのはもったいないと月見のことを打ち明ける。余一は思案顔で腕を組んだ。

「後藤屋の大旦那ってのは、そんなにすごいお人なんですかい」

「という話だよ。だからおまえさんに相談しろって、お玉がうるさくてさ。あたしは月見のきものくらい自分で決める気だったんだけど」

当てになんかしていないと余計な言葉を付け加える。「だったら、帰れ」と言われるかと思いきや、今日に限って聞き流された。

「呉服屋の跡継ぎの月見か。若旦那は何を着る気だったんです」

当たり前のように聞かれても、すぐに答えは出てこない。お玉から月見について聞いたのは昨日の晩のことである。

ひと月前からわかっていれば、新しく仕立てることもできた。手持ちの単衣《ひとえ》で選ぶとなると、あまり変わったものはない。

そもそも男のきものは縞か格子、さもなければ無地がほとんどだ。女物なら月に合わせてうさぎや秋の草花をあしらったものを選べばいい。だが、男の場合は勝手が違う。綾太郎は顎に手を当て、どうしたものかと考え込んだ。

黒羽織に紺の結城紬《ゆうきつむぎ》は面白みに欠ける。

薩摩絣《さつまかすり》は人気だが、目上の人には失礼にあたる恐れがある。

黒無地は礼儀にかなっていても、月見を楽しむ衣装としては堅苦しい。

持っている単衣を次々に思い浮かべては、端から己で駄目を出す。

もっと寒い時期ならば、羽織やきものの裏に凝った柄が使えたのに。知らず眉間《みけん》にしわを寄せると、余一が再び口を開く。

「唸ってねぇで答えてくだせぇ」

「うるさいね。今考えているんじゃないか」

「考えたところでない袖は振れねぇ。若旦那が持っているきものの中から、適当なのを選べばいい」

「だから、その適当なのがないんだよっ」

「だったら、おれが始末しやす」

「へっ」

聞いた言葉にうろたえて口から変な声が出る。余一は困っているのか、照れているのか、判断に困る顔をした。

「若旦那にはお糸とのことで世話になりやした。とはいえ今日は十日で、月見は十五日だ。正味四日じゃたいしたこたぁできやせんが」

まさか、余一からこんな言葉を聞く日が来るとは夢にも思っていなかった。明日は雪でも降るんじゃないかと心配になる。

「……本気であたしのためにきものの始末をしようってのかい」

恐る恐る念を押せば、余一はあっさりうなずいた。

「若旦那は先方にどういうふうに思われてぇんで」

「そりゃもちろん、才覚のある商人だと思われたいさ」

きもので見た目が変わるのは互いによく知っている。

落ち着いて見えるきものと、はつらつとして見えるきものでは、色も柄も異なるのだ。勢い込んで答えたとたん、余一が片眉を撥《は》ね上げる。

「そいつぁ、違うんじゃありやせんか」

「どうしてさ」

「若旦那は孫娘の婿さんだ。商人としてよりも、婿としてどう見られるかが肝心だと思いやす」

「でも、商人として見込みがあれば、婿としてふさわしいってことじゃ」

すかさず言い返しかけてから、それは違うと自ら気付く。その理屈が正しければ、お玉の婿は愁介だっていいことになる。

商人としての見込みなら、愁介に負けてもいいとさえ思った。だが、「どちらがお玉にふさわしいか」なら、負ける訳にはいかない。

もし大旦那が「お玉を井筒屋に嫁がせればよかった」と言い出したら、とんだ藪蛇《やぶへび》になっちまうよ。綾太郎はにわかにやる気を出した。

「だったら聞くけど、孫娘の婿にはどういう男が望まれるのさ」

「裏表のない腰の据わった男が好かれるんじゃねぇですか。だるまやの親父が怒っているのも、おれがふらふらしていたからだ」

「裏表がない、か」

ふとお玉の文を思い出し、綾太郎の顔が緩《ゆる》む。

裏表のないお玉の婿なら、確かに裏表のない男がふさわしい。なるほどと深くうなずいたとき、余一に肩を叩かれた。

「心配することぁありやせん。若旦那は金持ちにしとくのがもったいねぇくらい、裏表のねぇ人だから」

「これっぽっちもほめられている気がしやしないよ」

歯を剝き出して文句を言い、もう一度何を着るかを考える。

あえて生真面目《きまじめ》さを訴えるなら、新しい結城紬がいいだろう。結城紬は洗い張りを繰り返すことで色がより鮮やかになり、着心地もよくなる。そのため新しいうちは寝巻にしたり、奉公人に着せる旦那もいると聞く。

だからこそ、羽織の下に新しい結城の単衣を着れば、遊び人とは思われまい。己の思案を口にすれば、余一が「そういえば」と呟いた。

「若御新造が御納戸《おなんど》色《いろ》のいい具合に着馴れた結城紬を持っていやした。元はばあさんのお古だそうで」

「何でそんなことを知ってんだい」

びっくりして詰め寄ると、余一はすぐに白状する。

「おみつに頼まれて袖を繕ったことがあるんでさ。長いこと着倒している割に袖口も擦り切れてなかったんで、着方がうまいと感心しやした」

そりゃ、京の井筒屋の娘だもの。きものの扱いはお手のものだよ。胸の中で呟けば、裏の事情を知らない余一があっさり話を元に戻す。

「で、月見の趣向はどうしやす」

「そうだねぇ。半衿《はんえり》に雁《かり》の柄でも刺繍《ししゅう》してもらおうか」

月に雁は取り合わせだし、雁は縁起のいい鳥だ。何より半衿の刺繍なら四日とかからずできるだろう。

いい思案だと思ったけれど、余一は凛々《りり》しい眉をひそめる。

「そんな半衿なんぞつけたら、女女《めめ》しく見えやすぜ」

「じゃあ、どうしろって言うんだい。四日じゃたいした始末はできないと、おまえさんが言ったんだよ」

目をつり上げて言い返せば、「無紋の黒羽織は持ってやすか」と余一に聞かれた。

「もちろん持っているけれど、それをどうしようってんだい」

「そいつの裾《すそ》にすすきの刺繍を入れたらどうです」

月にすすきも取り合わせだが、刺繍入りの男の羽織はめずらしい。「それこそ遊び人に見えるだろう」と異を唱えると、余一は片頬だけで笑う。

「月見のすすきは魔除けになりやす。若旦那を海千山千の古狸《ふるだぬき》から守ってくれるに違いねぇ。それにすすきは面倒な刺繍じゃありやせんから」

しかも派手になりすぎないよう鼠色《ねずみいろ》の糸にすると言われて、でき上がりが頭に浮かぶ。綾太郎は納得してうなずいた。

「わかった。すぐ黒羽織を届けるからよろしく頼むよ」

櫓《やぐら》長屋を出た綾太郎は足取りも軽く歩き出した。

# 五

八月十五日は幸いいい天気だった。これならいい月が見られそうだと綾太郎はほっとする。

「それじゃ行ってくるよ」

「はい、気を付けて。おじい様によろしく言ってください」

お玉ひとりに見送られて裏からこっそり駕籠《かご》に乗る。店の奉公人や両親には「桐屋に行く」と言ってあった。

下谷竜泉寺町に着いたとき、ちょうど暮れ六ツ（午後六時）の鐘がなった。綾太郎は目についた蕎麦屋《そばや》に入り、手早く腹ごしらえをする。小半刻《こはんとき》（約三十分）後に蕎麦屋を出てお不動様に向かったところ、提灯《ちょうちん》を持った愁介が境内の入口に立っていた。

「井筒屋さん、お待たせしました」

「気にせんといておくれやす。手前もちょうど来たとこや」

機嫌のいい相手は重そうな風呂敷《ふろしき》包みを抱えている。それは予想通りだが、提灯の灯りに照らされたきものは予想外だった。

「井筒屋さん、それが月見のこしらえですか」

「へえ、いかがどす」

黒無地の単衣に黒の羽織、帯はさすがに白地に黒の本博多《ほんはかた》だが、あまりにも工夫がなさすぎる。寒い時期なら羽織やきものの裏に趣向があると思っただろう。

井筒屋のことだから、さぞかし凝《こ》った恰好をしてくると思っていた。拍子抜けした綾太郎に愁介が微笑みかける。

「若旦那はお月見らしいええ羽織を着てはりますな。それは今夜のために用意なさったんやろか」

「ええ、まあ」

よほどの趣味人でもない限り、刺繡入りの羽織なんて持っていない。すると、愁介が目を丸くする。

「よう間に合いましたこと。大隅屋さんにも仕事の速い職人がいてはったんやなぁ」

すかさず嫌みを口にされ、綾太郎の眉が寄る。

「井筒屋さんの職人は手が遅くなったみたいですね」

負けじと言い返したが、愁介は余裕を漂わせた表情で「ほな行きましょか」と聞き流す。そして、二人は隠居所に到着した。

「ごめんくださいまし。こちらに後藤屋の大旦那様はお住まいでしょうか」

木戸をくぐって声をかければ、腕っぷしの強そうな男が出てくる。これがお玉の言っていた下男らしい。

「お待ちしておりました。どうぞお入りください」

にこりともせずに促されて、綾太郎は周囲を見ながら足を進める。その後を愁介がついてきた。

「これは綾太郎さん、遠いところをよく来てくれたね。私もおまえさんに会いたいと思っていたんだよ」

縁側に座っていた年寄りが振り返って声をかける。綾太郎は膝を揃えて頭を下げた。

「本日は月見に招いていただき、まことにありがとうございます。お言葉に甘えて参上しました」

「そういう堅苦しい挨拶はやめておくれ。年寄りってのは気が短いんだ」

言われてすぐに顔を上げ、綾太郎は相手を見つめた。

白髪頭にしわの寄ったその顔は、確かに祝言で見た大旦那のものである。しかし、着ているきものは大店の隠居にふさわしいとは言えなかった。

茶色の地に格子柄の銚子縮《ちょうしちぢみ》は本物だが、あちこち継ぎが当たっている。上から着ている袖なし羽織にさえ、かぎ裂きを繕った痕《あと》があった。あらかじめ素性を知っていなければ、この辺りの百姓だと思ったろう。

人には「月見にふさわしい恰好をしろ」と言っておいて、そっちは何て恰好だい。とても客に会う姿とは思えないよ。

思わず眉をひそめたとき、大旦那が綾太郎の後ろに目を向ける。

「そちらが綾太郎さんの幼馴染みかい」

「い、いえ……実はその平吉は急に腹を下しまして」

相手の恰好に驚きすぎて考えていた言い訳を口ごもる。つくづく自分は嘘をつくのが下手くそだ。

「お邪魔する頭数が変わるのもご迷惑かと思いまして、その、同業の井筒屋さんと一緒に参りました」

「手前が米沢町にある井筒屋呉服店江戸店の主人、愁介どす。本日は綾太郎さんに無理を言うて、連れてきてもらいました」

ぎこちない紹介が終わるなり、自ら名乗った愁介が美しい所作で頭を下げる。年寄りは特に驚いた様子を見せなかった。

「おや、そうだったのかい。私は両替商後藤屋の隠居で利左衛門《りざえもん》という。何のもてなしもできないが、まあ楽にしておくれ」

挨拶が終わると、さきほどの下男がお茶を運んできた。

「酒を飲んで足元が危うくなっては困るからね。月だって素面《しらふ》で眺めてもらったほうがうれしかろう」

利左衛門はそう言って笑い、綾太郎の羽織に目を留める。

「綾太郎さんは変わった羽織を着ているね。月見にすすきの羽織とは気が利いているる」

「ありがとうございます。大旦那も……その、いい色のお召し物で」

ほめるところが見つからなくて、困った末に色をほめる。利左衛門は肩をすくめた。

「私が持っているのは茶色のきものばかりなんだ。野良着に着替えるのが面倒で、このまま畑仕事をするんでね」

「えっ」

綾太郎と愁介は目を瞠った。

「江戸一番の両替商の御隠居が畑仕事をしてはりますのか」

「ああ、隠居所をこんなところに建てたのは近くに畑があるからだよ」

きものに継ぎが当たっているのはそのせいかと、綾太郎は納得する。畑仕事をするのであれば、上等なきものはもったいない。

「普通の商人は物と金を扱うが、両替商は金しか扱わない。隠居をする前からたまに畑で鍬《くわ》をふるっていたんだ。種《たね》を蒔《ま》いて水と肥やしをやりさえすれば、ちゃんと育つのがうれしくてね」

「金かてちゃんと育ちますやろ」

まぜかえすような愁介の言葉に利左衛門はかぶりを振った。

「金は金を連れてくるが、育ちはしないよ」

真顔でそう答えてから、「ところで」と話を変える。

「井筒屋さんは闇夜《やみよ》のカラスみたいな恰好だね。呉服屋の主人ならもう少し変わったものを着たらどうだい」

「お言葉ですが、これでも趣向を凝らしてきたつもりどす」

愁介は笑って、おもむろに立ち上がる。綾太郎は上から下まで目を凝らし、足元を見て気が付いた。真っ黒な単衣の裾には、親指の爪《つめ》ほどの蝙蝠《こうもり》が臙脂《えんじ》の糸で数限りなく刺繍されていたのである。

「満月にはうさぎや雁が取り合わせやけど、そのまんまやと面白うないと思いまして」

「これはまたわかりづらいところに入れたものだ」

「へえ、今夜の月が眩《まぶ》しくて高く飛べへん蝙蝠どす」

「なるほどね。月に蝙蝠も取り合わせだが、三日月のほうが多いからね」

大旦那と愁介のやり取りに綾太郎の頬がこわばる。月にすすきなんてありきたりだと言われたのも同然だった。

蝙蝠の刺繍はすすきより手がかかる。まして裾を埋め尽くす数となれば、複数の職人で休まず刺繍をしたのだろう。

きものの裾を引く女と違い、男の裾模様はめずらしい。ましてより目立たないように、裾ぎりぎりに入れるとは……。

ただならぬ愁介の意気込みを感じ取り、綾太郎は愕然《がくぜん》とした。

利左衛門はよほど気に入ったのか、這《は》いつくばるような恰好で客のきものに白髪頭を近づける。さらに断りもなくきものの裾をめくったため、愁介も眉をひそめて後ろに下がった。

「大旦那ともあろうお人が童《わらわ》みたいな真似をせんといておくれやす」

「年を取ると見えにくくてね。それにしてもたくさん刺繍をしたもんだ。職人の苦労がしのばれるよ」

「手前どもの職人は手間を惜しみまへんさかい」

答える愁介は勝ち誇った笑みを浮かべている。綾太郎は我知らず、奥歯を強く噛み締めた。

井筒屋が大旦那に認められればいいと思っていた。だが、いざそうなると面白くない。

――手前ども井筒屋は、十日ですべて仕上げます。大隅屋さんのようにまだるい仕事はいたしまへん。

かつて店先で言われた言葉を苦々しく思い出したとき、利左衛門がゆっくり身体を起こす。

「だが、この程度のできばえなら、ないほうがましだ」

「……何て言わはりました」

「よほど急いでやったと見えて、刺繡の裏がずいぶん雑だ。単衣のきものは裏も見えるとわかっていただろう」

「それは」

「半端に終わる工夫なら、やらないほうがいいこともある。せっかくのいい生地がこの刺繡のせいで台無しだよ」

ため息まじりに続けられ、愁介の顔が青ざめる。不意に大旦那が綾太郎のほうを見た。

「綾太郎さん、その羽織を脱いでもらえないか」

「な、なぜでしょう」

「羽織の裏が見たい」

乞《こ》われるがままに差し出せば、受け取った大旦那は目を細めた。

「これはまたたいしたものだ。表も裏も変わらないとは」

綾太郎に「裏表のない男が好かれる」と言った職人は、すすきの刺繡も裏表なく仕上げてくれた。してやったりと思っていると、愁介が「待っとくれやす」と気色ばむ。

「肝心なのは月見のきものの趣向のはずどす。刺繡の良し悪しは職人の差や」

趣向としては自分が上だと言いたいらしい。食い下がる若い商人に後藤屋利左衛門は苦笑した。

「私はおまえさんたちを比べているつもりはない。だが、どんな趣向もでき上がりがお粗末では興ざめじゃないか」

「この刺繡が雑なのは急いでやったせいどす。十分な暇さえあれば、こない不細工なことにならしまへん」

「おかしいね。おまえさんは今日、淡路堂の倅《せがれ》の代わりにここへ来ることになったんだろう。まさかこの刺繍を出がけにやらせたというのかい」

涼しい顔で矛盾を突かれ、綾太郎までぎくりとする。すべてお見通しらしい大旦那は淡々と話を続けた。

「腕に覚えのある職人は半端仕事を嫌うものだ。最初に『間に合わない』と言われたはずだよ」

「そこを何とかするのが一流の職人というもんどす。京の職人ならちゃんと仕上げてみせたはずや」

「職人に京も江戸もあるものか。無理強いされれば、腕によりをかけた仕事なんてしやしない。おまえさんはもっと人の気持ちを考えたほうがいい」

冷たいと言われる大旦那からこんな言葉を聞くとは思わなかった。驚く綾太郎の隣で、青ざめた愁介が小刻みに肩を震わせる。

「……娘の嫁ぎ先の素性も知らんくせに」

初めて見る血走った目が大旦那に向けられる。

まさかここで桐屋の秘密を明かすつもりか。娘や孫のしあわせを質に取り、取り引きをしようというのだろうか。

綾太郎が止めなくてはと思ったとき、愁介の声が大きくなった。

「桐屋の先代夫婦は井筒屋の」

「井筒屋さん」

大旦那の年に似合わぬ鋭い声が、続く言葉を呑み込ませた。

「おまえさんのような若造ですら知っていることを、この年寄りが知らないとでも思うのかい」

半開きの唇をわななかせている愁介と違い、大旦那は眉ひとつ動かさない。今の言葉がその場しのぎのはったりなら、役者があまりにも違いすぎた。

「ついでに言えば、年寄りの遠くなった耳にも上方の噂は聞こえてくる。足利の御代から続く老舗も内証は火の車だっていうじゃないか」

「まさか、井筒屋さんに限って」

京の本店が火の車なら、江戸店なんて出せっこない。綾太郎はとっさに思ったものの、愁介は言い返さなかった。射殺さんばかりのまなざしを利左衛門に向けている。

「根も葉もないことを触れ回るなら、こっちにだって覚悟がある。江戸で商いを始めて日の浅い井筒屋の主人と後藤屋の隠居が相反することを言えば、人はどちらを信用するか。おまえさんならどっちを信じる」

大旦那が言い終えるのを待つことなく、愁介は持参の風呂敷包みを抱えて座敷から出ていった。綾太郎は追いかけようとしたけれど、利左衛門に「放《ほう》っておけ」と言われてしまった。

「月見に来て月を見ないで帰るとは。京のお人は江戸っ子よりもせっかちだ」

「あの、申し訳ありません。こんなことになってしまって」

しどろもどろに謝れば、大旦那はからかうような笑みを浮かべた。

「おまえさんとの話は月を見ながらでもできるだろう」

返された羽織に袖を通し、二人並んで縁側に座る。高く昇った丸い月を見上げていると、利左衛門がうやむやにしたことを問い詰めたくなる。

この年寄りは桐屋の素性を本当に知っているのだろうか。もし知っているのなら、いったいいつから知っていたのか。知っていて嫁に出したなら、それは娘かわいさか。それともお玉が言うように、どうでもいいからなのか。

京の井筒屋が火の車なら、どうして江戸店を出したのか。愁介が汚い手を使ってまで後藤屋と縁を結ぼうとしたのは、金に困っているせいか。

じっと考え込んでいたら、利左衛門の声がした。

「綾太郎さんは淡路堂さんと親しいんだろう」

「あ、え、はい」

歯切れの悪い返事をしてから、平吉を連れてくることになっていたと思い出す。後ろめたさに小さくなると、相手は月を見たまま言う。

「あそこの御主人はすっかり人が変わってしまった。前は三代目らしからぬ三代目だと思っていたのに、たかが旗本の強請りに屈するなんて」

「どうしてそれを」

知っているのかと言いかけて、綾太郎は慌てて呑み込む。何のことだかわからないとしらばっくれるべきだった。

「商いは刃物を使わない戦だ。弱みを見せれば商売敵にしてやられるし、客だってこっちの足元を見る。だからこそ安易に弱みを切り捨てるべきじゃない。弱みを強みに変えてこそ店は大きくなるんだよ。それなのに跡継ぎを育て損なって婿に出し、娘にすべて背負わせるとは……。誰もしあわせにならない道を選ぶなんて、淡路堂さんも愚かなことをしたものだ」

問わず語りの呟きに綾太郎ははっとする。

平吉を婿に出してから、淡路堂の商いは少しずつおかしくなっていった。後藤屋が「付き合いを見直したい」と申し出たのは、淡路堂の内証が苦しくなったからではない。「弱みを切り捨てる」やり方では行き詰まると思ったからか。

——あそこの御主人はすっかり人が変わってしまった。

残念そうな言葉の響きを綾太郎は嚙み締めた。

「大旦那は淡路堂の『星花火《ほしはなび》』という菓子をご存じですか」

「ああ」

「だいぶ前になりますが、あたしの羽織に刺繡をした職人が淡路堂さんに言ったんです。新作菓子は次々に打ち上げられる花火みたいなものだと。けれども、まれに落ちることなく、輝き続けるものがある。淡路堂さんはそういう菓子への思いを『星花火』という名に込めたんだろうって」

「ほう。淡路堂さんは何と答えた」

「見事に思いを言い当てられたと感心していました」

看板菓子に頼ることなく新作を作り続ける覚悟があるなら、もっと早くに頼りない跡継ぎを鍛え直せばよかったのだ。親としての労を惜しんで切り捨てたりしなければ、旗本の強請りに屈することも、お三和に遊び人の婿を押し付けることもなかっただろう。

「一度楽な道を選んでしまえば、険しい道を選べなくなる。だから平坦な道と険しい道に分かれていたら、険しい道を選ぶべきだ。後藤屋はそういう商いをする人の後見をするのが仕事でね」

後藤屋が若い商人の後押しをするのは、それが両替商にとって「険しい道」だからに違いない。大旦那は商人の人相よりも、その行いを見ていたのだ。めったに聞けない話を聞いて綾太郎の背筋が伸びる。

「あたしも楽な道を選ばないように心がけます」

決意を込めて返事をすれば、利左衛門が振り返る。

「今さら私に言われなくても、おまえさんは険しい道を選んでいるじゃないか」

「えっ」

「後藤屋の後押しなんて必要ない。自分の力で店を大きくしてみせると常々言っているんだろう」

笑いながら続けられ、綾太郎の顔がこわばる。

桐屋の素性といい、井筒屋のことといい、目の前にいる年寄りはどこまで地獄耳なのか。この調子では愁介の悪だくみだってすでに知っているかもしれない。

もし愁介の脅しに乗ってお玉を離縁していたら、どうなっていたことか。音もなく血の気が引いたとき、年寄りは深く頭を下げた。

「お耀《てる》のことは桐屋の光之助が守るはずだ。おまえさんはお玉を頼む。どうか守ってやってくれ」

綾太郎は息を吞み、寝巻姿の妻を思い出した。

――さんざん甘やかされたおっかさんに大店の嫁は務まらない。出戻ってこられるくらいなら、好きな相手に嫁がせようとおじい様は思ったのよ。

お玉、それは誤解だよ。おまえのおじい様は娘のことを思えばこそ、好きな相手と添わせたんだ。おまえのことだって「お玉を頼む」と、あたしに頭を下げたんだよ。けれど、このことは妻に伝えられない。利左衛門も娘のために長年黙り通してきたことだ。綾太郎は下げられたままの相手の頭をじっと見つめる。薄くなった白い鬢《びん》がまるですすきの穂のようだ。

――月見のすすきは魔除けになりやす。若旦那を海千山千の古狸から守ってくれるに違いねぇ。

あの余一でも見立てを間違えたりするんだね。大旦那は古狸じゃない。魔除けのすすきのほうじゃないか。

すすきは別名「尾花《おばな》」ともいう。枯れ尾花は風に揺れるだけだが、目の前の「男《お》花《ばな》」は違う。老いてなお娘と孫娘を黙って見守り続けている。

いつか自分もこんな商人に……いや、父親になりたいものだ。
居住まいを正した綾太郎は「承知しました」と頭を下げた。

# 二つの藍

# 一

七月六日の夕方、六助《ろくすけ》は売り物の古着を担いで岩本町《いわもとちょう》の長屋に戻った。

近頃は年のせいか、行き帰りの古着の重さが身体《からだ》にこたえる。我知らず顔をしかめたとき、隣の家の前で揺れる笹竹《ささたけ》が目に入った。

六助の家の隣には飴《あめ》売りの夫婦とその息子が住んでいる。その子が先月から手習いを始めたとかで、毎朝こっちが出かける前に手習い所へと駆けていく。

江戸には読み書きのできる町人が大勢いる。手習い所だってたくさんある。それでも貧乏人の間では、読み書きのできる者は限られていた。

隣の見世《みせ》の長吉《ちょうきち》も金勘定はできるけれど、帳面付けはかなり怪しい。「ミミズののたくり流」と言いたくなる墨の跡《あと》に比べれば、六助の「金釘流《かなくぎりゅう》」は他人が読めるだけまだましだ。

無論、読み書きで立身が保証される訳ではない。だが、読み書きがまったくできなければ、いつまで経《た》っても貧乏暮らしだ。日々の費えを切り詰めて我が子に手習いをさせる飴売りの気持ちはよくわかった。

隣の餓鬼は今年八歳だったよな。だいたい六つで手習いを始めるらしいから、そりゃ熱だって入るだろう。

笹につるされた五色《ごしき》の短冊《たんざく》を引っ張って、六助の口が弧《こ》を描く。

子供にとって二歳の年の開きは大きい。裕福な年下の子に負けたくないと頑張っているに違いない。両親もそんな我が子を頼もしく思い、笹竹を用意したってことか。

「どれ、隣の餓鬼はどんな願い事を書いたんだ。うん、『てならいがじょうたつしますように』ってのは普通だな。こっちは『おとっつぁんのかせぎがふえますように』か。どこも金の悩みはつきねぇな。『せがおおきくなりますように』……こいつは星に願うようなことなのか」

日当たりの悪い裏長屋はかなり薄暗くなっている。六助は目をこらして形の崩れた仮名を追う。隣の子はこの際とばかり遠慮なく願いを書いたらしい。

江戸中の子供にねだられて天の星も大変だ。六助は間もなく姿を見せる星々が気の毒になってきた。

「隣の餓鬼なんてこの間まで母親の背で泣いていやがったくせによぉ。三日前だって野良犬に追いかけられて、やっぱり泣いていたじゃねぇか。一人前に手習いなんぞ始めやがって生意気なんだよ」

さらに後五年もすれば、どこかの店に奉公するか、職人の親方に弟子入りするのだろう。そうなれば、親も一安心だ。

「五年後か」

そのとき、自分はどうなっているだろう。六助は夕陽《ゆうひ》が沈み切る前の西の空に目を向けた。

齢《よわい》五十を過ぎて土手で古着を売るのはつらい。しかし、身寄りのない六助は誰も頼ることができない。衰えていく未来を見つめ、死ぬまで生きていくだけだ。

それに引き替え、隣の夫婦は先の大きな楽しみがある。大店《おおだな》の奉公人や腕の確かな職人は飴売りよりもはるかに稼げる。時の流れは大人を年寄りにする代わり、子供を大人にしてくれる。ふと隣の親子をうらやみかけて、六助は己を戒《いまし》めた。

裏稼業をしているときは、この年まで生きられると思っていなかった。去年だって余一にかばってもらえなければ、白鼠《しろねずみ》の安蔵《やすぞう》に殺されていたはずである。

俺もたいがいずうずうしいな。命があってよかったと思うのは、危うく死にかけたときだけかよ。

六助は己を嘲笑《あざわら》い、開け閉めが厄介な腰高障子《こしだかしょうじ》に手を伸ばした。

その後、ひとりで晩酌をしていたら、夜の五ツ（午後八時）近くになって余一がひょっこり顔を見せた。「急にどうした」と声をかければ、畳の上に腰を下ろして六助の顔を睨《にら》みつける。

「お糸ちゃんと一緒になることにした」

唐突な言葉に驚いて、六助は飲み干したばかりの湯吞《ゆのみ》を落とす。それからまばたきを繰り返すと、相手の言葉を確かめた。

「おい、それは本当か」

「ああ」

「本当に本当か」

「しつけぇな。とっつぁんじゃあるめぇし、おれは嘘《うそ》なんざつかねぇって」

疑り深い昔馴染《むかしなじ》みに余一が嫌な顔をする。だが、くどいほど念を押されるのは自業自得というものだ。

「本当の本当に今度こそ、お糸ちゃんと一緒になると決めたんだな」

目を見据えてにじり寄れば、余一の肩がかすかに揺れる。それでも、目をそらさずに顎《あご》を引いた。

「ああ、おれもようやく腹をくくった。どういう生まれか話しても、お糸ちゃんはおれがいいと言ってくれた」

その言葉を耳にして六助は心からほっとする。お糸なら大丈夫だと思っていたが、不安がなかった訳じゃない。

「おれの身体に流れる血は女を手籠《てご》めにしたろくでなしの血なんかじゃねぇ。このおれの血なんだとさ」

「……そうか」

「そこまで言われちまったら、身を引く訳にはいかねぇだろう。天乃屋の若旦那《わかだんな》にも話をつけてきた」

きっぱり言い切る表情からは覚悟のほどがうかがえる。とうに見慣れたはずの顔を六助はじっと見返した。

秀でた額に凜々《りり》しい眉《まゆ》、切れ長の二重の目には今までにない力が宿り、唇は引き結ばれている。

餓鬼の頃から整った面をしていたが、今日ほどいい男に見えたことはない。女は恋をするときれいになるというが、男は腹をくくったときに凜々しさが増すようだ。

こりゃ、お糸ちゃんがますますそわそわしちまうな。色男と一緒になった女房の悩みっていうやつか。

六助は人の悪い笑みを浮かべ、落とした湯呑を拾い上げる。

「まったく、もたもたしやがって。俺がどれだけ気を揉《も》んだと思ってんだ」

「すまねぇ」

「すまねぇじゃねぇよ。おめぇは餓鬼の頃から要領が悪いんだから」

からかうような口を利くのは、素直に「よかったな」と言えないからだ。いい年をして大人げないと思うものの、慣れない言葉は言いにくい。だから、六助は気になることを口にした。

「だるまやの親父《おやじ》さんは許してくれたのか」

赤の他人の自分ですら、お糸を邪険にした余一に腹を立てた。実の父親の清八《せいはち》はなおさら許し難いだろう。

「おめぇは天乃屋の若旦那に頼まれて振袖《ふりそで》の始末をしたばかりか、そいつをお糸ちゃんに届けたからな」

天乃屋の若旦那は身を引いても、だるまやの親父は聞く耳なんて持ちっこない。懸《け》念《ねん》は当たっていたらしく、余一の表情がたちまち曇る。

「お糸ちゃんが言うには、許す気がまるでねぇ訳じゃねぇらしい。だが、今すぐは無理みてぇだ」

「だから、俺が言ったじゃねぇか。清八さんが許したときに、さっさと一緒になればよかったんだよ」

六助はぴしゃりと言い捨てたが、腹の中では「そうだろうな」と納得した。

大事な娘をさんざん傷つけておきながら、今になって「一緒になりたい」と言い出す男を許す父親がどこにいる。それでも「許す気がまるでねぇ訳じゃねぇ」のは、お糸に泣いて縋《すが》られたせいだ。

娘を泣かせた男なんて許せるものかと思っても、二人の仲を反対すれば今度は自分がお糸を泣かせる。清八にしてみれば、まさしく踏んだり蹴《け》ったりである。

いずれは娘かわいさで、渋々許してくれるだろう。腹の中で「よかったな」と呟いたとき、余一が懐から二枚の布を差し出した。

「こいつは心配をかけた詫《わ》びだ。とっつぁんの見世で売ってくれ」

こういう義理堅さがこの男の取り柄である。礼も言わずに受け取って、六助はすぐさまそれを広げた。

「またずいぶん派手なしごきだな」

一枚は韓紅《からくれない》に水浅葱《みずあさぎ》、もう一枚は韓紅に藤紫《ふじむらさき》を真ん中で縫い合わせたしごきである。韓紅は二枚ともそっくり同じ色だから、まだ新しい真っ赤なしごきを二つに裂いて使ったようだ。

余一は古着の始末が仕事だが、余計なことはやりたがらない。そのまま使えたはずのしごきをどうして始末したのだろう。六助が不審に思ったとき、余一が照れ臭そうに口を開いた。

「お糸ちゃんが『嫁に行ったら、真っ赤な絹のしごきなんて使えない』って言うからよ。ものはいいし、それなりの値で売れるだろう」

「するってぇと、この赤いのは井筒屋が配った美人の証《あかし》か」

お糸の持っていた真っ赤な絹のしごきなら、それ以外に考えられない。六助は大きな声を上げて二枚のしごきを見下ろした。

今年の一月、井筒屋の引き札と引き換えにタダで配られた絹のしごきは江戸中の娘の話題をさらった。中でもとびきりの美人に配られる韓紅のしごきは「美人の証」ともてはやされて、一時はまがいものまで出た。

「井筒屋が余計な真似《まね》をしたせいで、赤や桃色の絹のしごきは使いづらくなっただろう。染め直すのも馬鹿馬鹿しいんで、二つに裂いて別の色と縫い合わせた」

「何でまたそんなことを」

「見た目が違えば、元は井筒屋のしごきと思われめぇ。仮に思われたって別物だ。美人番付を持ち出してとやかく言うことはできねぇだろう」

なるほど、そういう考えで真っ赤なしごきを裂いたのか。六助は顎に手を当ててうなずいた。

真っ赤なしごきは美人の証、しごきの色が薄いほど娘の器量は下がっていく――そんな噂《うわさ》が流れた結果、手に入れた絹のしごきを行李《こうり》の奥にしまい込んだ町娘は大勢いた。

その裏で井筒屋は赤いしごきをもらった娘を金持ちの妾《めかけ》に斡旋《あっせん》していた。だるまやの客の許嫁《いいなずけ》も赤いしごきをもらったせいで、旗本の妾になろうとした。だが、お糸と余一に止められて、無事だるまやの客と所帯を持ったと聞いている。

とはいえ、高価な紅花を山のように使う韓紅は赤の中でも特に値が張る。桜色や鴇《とき》色のように番付の低い色ならともかく、最高位の高価なしごきを裂かなくたってよかったんじゃ……。

六助はちらりと思ったが、余一はめずらしく得意げだ。

「なまじ見事な赤だから組み合わせる色に苦労したが、この二藍《ふたあい》と韓紅はいい取り合わせだと思わねぇか」

「二藍って……こいつは藤紫じゃねぇのかよ」

「いや、こいつは二藍だ。一度藍で染めた後に紅花で染めたのさ。半端な大きさのまま取っておいた布の寸法がちょうどだったんだ」

「へえ、これがねぇ」

しごきを見る目を変えたのは、二藍が貴重なことを六助も知っていたからだ。

その昔、「藍」は染料の総称で、紅花も最初は「呉《くれ》から伝わった藍」、すなわち「呉《くれ》藍《あい》」と言ったとか。つまり「藍」で染めてから、さらに「呉藍」で染めるので「二藍」という訳である。

六助はそういうことを余一の親方から教わった。盗品をうまく売りさばくため、きものを見る目を養おうといろんなことを聞いたものだ。

――今は藍と蘇芳《すおう》で紫に染める。二藍なんざめったにねぇよ。

なつかしいだみ声がよみがえり、病の床で頼まれたことも続けて思い出してしまう。

――……井筒屋には、近づけるな。

その井筒屋の配ったしごきを余一が始末するなんて、親方が知ったら何と思うか。

多少胸が騒いだものの、めでたい話を聞いた直後だ。先走って不吉なことを考えなくてもいいだろう。六助は口の端を引いた。

「ひとまず事情はわかった。まぁ、一杯やってくれ」

湯呑に酒を注《つ》ごうとしたら、余一が首を左右に振る。

「せっかくだが、おれはもう帰る」

「何だよ、一杯くらい飲んでけって」

祝い酒を断られて六助はむっとする。しかし、すっきりした表情の職人はとことん付き合いが悪かった。

「とっつぁんのところに長居をすると、ろくなことにならねぇからな」

肩をすくめて腰を上げ、さっさと腰高障子を開ける。見送ろうと後に続けば、余一はなぜか暗い表で立ち止まった。

「どうした。やっぱり飲んでくか」

期待を込めて声をかけたが、余一はやっぱりつれなかった。

「いや、そうじゃねぇ。今日は七月六日だったな」

呟《つぶや》く余一の二つの目は隣の家の前に釘付《くぎづ》けだ。六助は「今頃、何を言ってやがる」と鼻を鳴らした。

やせた月の光は暗くても、障子ごしに漏れる灯りで七夕飾りははっきり見える。六助の家の前に立てば、嫌でも目に入ったはずだ。

帰りがけに気付くってこたぁ、行きは「お糸のことをどう伝えるか」で頭が一杯だったんだな。思い切り冷やかしてやろうとしたら、余一が「とっつぁん、知ってるか」と振り向いた。

「昔、親方から聞いたことがある。もろこしじゃ裁縫《おはり》や機織りの上達を願って、七夕に五色の糸をつるすらしい」

余一の親方はただの職人とは思えないほどもの知りだった。幼い弟子にきもの始末の仕事はもちろん、読み書きや小難しいことまで厳しく教え込んでいた。おかげで余一は達筆で、瓦版《かわらばん》や黄表紙の筆耕《ひっこう》だってできるだろう。

しかし、あの親方に限って弟子のために七夕を祝ってやるとは思えない。余一は他の子をうらやみながら、縁のない話に耳を傾けていた訳か。昔を懐かしむ知り合いに六助は胸の内で話しかけた。

短冊なんかに書かなくたって、おめぇの願いはかなったな。諦《あきら》めていたしあわせは天に輝く星じゃなく、惚《ほ》れた娘がくれるとさ。

もちろん、こんなくさい台詞《せりふ》は口が裂けても言えやしない。六助はわざとらしく咳《せき》払《ばら》いした。

「そりゃ、おめぇは短冊より糸のほうがいいだろうよ」

二

七月七日は朝からよく晴れていた。

お天道様が夜空の星に負けまいと張り切っているのだろう。秋とは名ばかりの暑さの中、六助は鼻歌まじりで売り物の古着を並べていた。

隣の餓鬼はひときわ早く手習い所へと出かけていった。あの勢いが続いたら、短冊に書いた願いだってそのうちかなうに違いない。

ただし、「せがおおきくなりますように」という願いだけは難しそうだ。父親である飴売りはいたって小柄な男である。幼い子供を相手にするには、そのほうが何かと都合がいい。

余一みてぇな大男は飴売りに向かねぇな。それとも、かみさん連中が子供の代わりに買いに来るかな。

くだらないことを考えながら商いの支度を終えたとき、手伝いの千吉《せんきち》が怪訝《けげん》な顔つきで寄ってくる。

「今日はやけに上機嫌だな。何かいいことでもあったのか」

「そりゃ、おめぇ」

六助は笑顔で振り返り、前に言われたことを思い出す。

――余一と一緒になれば、いずれ貧乏暮らしに嫌気がさして「やっぱり天乃屋に嫁げばよかった」と言い出すに決まってる。

ここで「余一がお糸と一緒になる」と伝えれば、へそ曲がりの千吉はきっと余計なことを言う。黙ってしまった六助に千吉が顎を突き出した。

「言いかけてやめるなよ。気になるじゃねぇか」

「別にたいしたこっちゃねぇ。気にしねぇでくれ」

「気にするなと言われれば、余計気になるもんなんだ。いい年をしてそんなことも知らねぇのか」

引き下がる気配のない相手に六助は嘆息する。

上手な嘘をつくためには本当のことを混ぜるのが肝心だ。やむなく売り物の下に隠してあった風呂敷《ふろしき》包みを取り出した。

「昨夜、余一がくれたんだよ」

二枚の真新しいしごきを見せれば、次は「どうして余一がこんなものを」と聞かれるに決まっている。どんな言い訳をでっち上げようかと思ったとき、千吉がはしゃいだ声を上げた。

「いいね、俺も気に入った」

「何だって」

「この韓紅と水浅葱のしごきは俺がもらう」

千吉は頬《ほお》を赤らめてしごきを持っていこうとする。六助はしごきを取り返し、自分の背後に隠してしまった。

「誰がおめぇなんぞにやるもんか。こいつぁ女もののしごきだぞ」

「そんなのとっくに承知之助だ。余一がタダでくれたものなら、俺にくれたっていいだろう」

くれた理由を詮索《せんさく》されないのは助かるが、千吉にやる気は毛頭ない。六助はじりじりと往来を後ずさる。

「おめぇは女の恰好《かっこう》をやめると俺に言ったじゃねぇか。こんな派手なしごきをどうするつもりだ」

「別にいいだろう。俺はそいつが気に入ったんだよ」

「こいつは俺がもらったもんだ。どうしておめぇにやらなきゃならねぇ」

「こっちはずっとこの見世でタダ働きをしてやってんだ。たかがしごきの一枚や二枚でケチケチすんな」

「そっちこそ押しかけ見習いの分際で勝手なことを抜かすんじゃねぇ」

土手の古着屋に手伝いなんか必要ない。間髪を容《い》れずに言い返せば、千吉が不本意そうに口を尖《とが》らす。

「ったく、わかったよ。だったら百文で買ってやるからさぁ」

「馬鹿言ってんじゃねぇ。このしごきはめったにない上物だぞ。誰が何と言おうと二朱より下で売るもんか」

まっとうな値付けにもかかわらず、千吉は歯を剝《む》き出した。

「男のくせにどこまでずうずうしいんだか。このわからずやのごうつくばりっ」

「何がごうつくばりだ。おめぇこそ男のくせに、女みてぇなしゃべり方をしやがって」

二色のしごきに心を奪われた千吉はしゃべり方ばかりか、しぐさまで女じみてきた。内股《うちまた》で地団太を踏む姿に六助はげんなりする。

だが、頭に血が昇った相手は耳を貸そうとしなかった。

「うるさいねっ。どんな口を利こうとこっちの勝手さ」

口調が女じみてくると、なぜか声も高くなる。おかしな騒ぎを聞きつけて、隣の見世の長吉が「何があった」と顔を出す。

「長吉さん、聞いとくれよ。六さんたらひどいんだ」

なりふり構わぬ千吉は隣人を巻き込む腹のようだ。長吉は面食らっていたものの、事情を知って目を光らせる。

「そんなにすごいしごきなら、俺も拝ませてもらいてぇな」

「……おめぇたちには売らないからな」

これ以上騒ぎを大きくしたくない六助は、二枚のしごきを握った手を二人の前に突き出した。

「へえ、こいつはいい絹だな」

「生地もいいけど、このしごきは真ん中で色が変わるだろう。二つに折って締めれば一色しか表に出ない。でも、結んだしごきの先は二色になるって寸法さ。余一はこういう工夫だけは本当に気が利いているよ」

千吉はうっとり呟いてしごきを持っていこうとする。まったく油断も隙《すき》もないと、六助はしごきを持たない手で千吉の手を引《ひ》っ叩《ぱた》いた。

「そう思うなら、きっちり二朱出しやがれ」

六助が唾《つば》を飛ばしたとき、後ろから遠慮がちな声がした。

「あの、あたしにもそのしごきを見せてもらえますか」

声の主は年の頃なら十五、六の小娘である。顔立ちは人並みながら、着ているものは人並み以下だ。これじゃお客にならないと六助はすばやく値踏みした。

「すみませんが、こいつは売り物じゃないんですよ」

買えないとわかっている客に気に入られても面倒だ。腰をかがめて断れば、「見せるくらいいいじゃねぇか」と千吉が余計なことを言う。

「それとも、売り物以外は見せられないって言うつもりかい。土手の古着屋もずいぶんえらくなったもんだ」

嫌みたらしくからんでくる相手の魂胆は見え透いている。この娘を味方につけてしごきを値切るつもりだろう。

六助は腹の中で舌打ちしてから、二枚のしごきを娘に見せた。

「おい、水浅葱のは俺のだからな」

食い入るような娘の目つきに千吉は不安を覚えたらしい。娘ははっとしたように肩を揺らすと、首を二回左右に振る。

「どちらも素敵ですけれど、あたしは赤と藤紫のほうが好きです」

おずおずと答えた娘に今度は六助が言う。

「こいつぁ藤紫じゃありやせん。二藍といって、めったに手に入らねぇ貴重なもんだ。藍で染めた上から紅花で染めて、紫がかった色を出すのさ」

「そうなんですか」

「へえ、藤紫よりはるかに手間と金がかかってやす。俺が言うのもなんだが、土手で売るような代物じゃねぇ」

「あたしが貧しい身なりだから、売り物じゃないと言ったんでしょう？　本当はいくら払えば売ってもらえるんですか」

どうやらこっちの見込みより世間を知っていたらしい。少々ばつが悪かったが、六助はごまかすのをやめた。

「一分と言いたいところだが、大まけにまけて二朱。これ以上はびた一文だってまけられねぇ」

しごきの値を伝えれば、娘が悲しそうにうなだれる。それを見た千吉が不満そうに鼻を鳴らした。

「何が大まけにまけてだ。欲しいと言うお客がいたら、勉強するのが古着屋だろう。掛け値なしの商いは駿河町《するがちょう》に任せときな」

駿河町にある三井越後屋《みついえちごや》と同じく、土手の古着屋も現金払いだ。しかし、土手の客は貧乏人ばかりで、客は必ず値切ってくる。さらに嚙《か》みつこうとする千吉を意外にも娘が押しとどめた。

「このしごきはいい絹です。値切ったりしたら失礼でしょう」

娘は名残惜しそうにしごきを見つめ、六助に礼を言って立ち去った。

「何だい、気取っちゃっていけすかないね。人がせっかく値切ってやろうとしたのにさ」

小さな背中が見えなくなると、千吉が吐き捨てる。六助はしごきを握ったまま、しばらくその場を動かなかった。

生まれたときから貧しい娘は「いい絹だ」なんて言えやしない。昔は絹を着て暮らしていたのに、今は継ぎの当たったまがいものの銚子縮《ちょうしちぢみ》を着ているのか。

貧しい暮らしを続けると、だんだん気持ちがすさんでいく。今の娘も何年かしたら貧しさに負け、他人の施しを平気で求めるようになるのだろう。

「世の中ってのはままならねぇな」

六助はぽつりと呟いた。

その後もしごきを欲しがる客はいたが、みな値段を聞くと諦めた。中には自分で縫おうと思ったのか、真ん中の縫い目をじっと見つめる娘もいた。

二色のしごき作りはさほど難しくない。ただし二枚のしごきを裂いて半分ずつ縫い合わせれば、二枚とも同じものになってしまう。何かうまい手はないかと考えて、六助はぽんと手を打った。

「井筒屋からもらったしごきを二つに裂いて、他の誰かと取り換えりゃいい」

「それだと、よく似た色同士を縫い合わせることになっちまうぜ」

井筒屋が配ったしごきの色は赤の濃淡に限られる。そのしごきの色の濃さで喧嘩《けんか》になった娘も多いらしい。

「濃い色をもらった娘は薄い色なぞ欲しがるもんか」

「その美人番付をなかったことにするために、余一は井筒屋のしごきを裂いたんだ。しごきの色で仲違《なかたが》いした娘ほど互いに取り換えたほうがいい」

「どうしてさ」

「揃《そろ》いのしごきにしちまえば、以前のことを水に流せるだろう」

六助の思案に千吉も感心したようにうなずいた。

「なるほどな。六さんにしちゃ冴えてるぜ」

「おめぇは一言多いんだよ」

やかましく言い合う二人のそばを何人かの娘がうなずきながら通りすぎた。

そして翌日、にせの銚子縮を着た娘が再び見世に現れた。

「あの、昨日のしごきはまだありますか」

恐る恐る切り出され、六助はしばし考える。金を持ってきたのなら、もっと元気がいいはずだ。

「冷やかしだったらお断りだぜ」

どうやら図星だったらしく娘の顔が赤くなる。しかし、しっぽを巻いて立ち去ろうとはしなかった。

「ずうずうしいのは承知しています。でも、あのしごきの二藍はおっかさんが大事にしていた晴れ着の色に似ているんです。手に取れなくて構いませんから、ひと目だけでも見せてください」

娘は名をお知寿《ちず》と言い、かつては両国に店を構える小間物屋の娘だったという。

「店が傾く前、あたしは真っ赤な振袖を、おっかさんは藤紫の小袖《こそで》を着て物見遊山《ものみゆさん》に出かけました。あのしごきを目にしてから、その頃のことが思い出されて」

今は両親や兄と共に棟割り長屋にいるという。見込んだ通りの身の上とわかり、六助はますます顔をしかめる。

振袖を着ていたお嬢さんが親子四人で貧乏長屋に住んでいれば、裕福だった昔がさぞや懐かしいだろう。あのしごきに執着するのも、大事にしていた値の張るものが手元に残っていないからだ。

昔はこういう客の頼みを笑顔で断れたんだがな。己の甘さにうんざりしながら、六助は目当てのしごきを見せてやる。横で見ている千吉のにやけた面は見ないふりで。

お知寿はおとなしくしごきを眺め、礼を言って立ち去った。それは翌日も翌々日も続けられた。

「なあ、そろそろほだされてやってもいいんじゃねぇか」

七月十二日の朝四ツ（午前十時）、床見世を開いてすぐに千吉が言った。

「何のこった」

「またまたとぼけちゃって。しごきを見にくる娘のことさ。六さんだってそろそろ潮時だと思ってんだろう」

七月七日から昨日までの五日間、お知寿は必ず顔を出した。そして、うれしそうにしごきを眺めて帰っていく。

「くれてやる気がねぇのなら、もう売れちまったと言えばいい。今のままだとかえって酷だぜ」

それは六助も考えたが、「もう売れた」と嘘をつけば、お知寿はがっかりするだろう。だからといって、縁もゆかりもない娘にタダでやるのは論外だ。こっちも施しができるほど裕福な暮らしはしていない。

心を決めかねていたら、千吉が片眉を撥《は》ね上げる。

「どうせ、最後はほだされちまうくせに」

「うるせぇな」

千吉と小声で言い合っていると、いつものようにお知寿が現れた。その表情は今までになく晴れ晴れとしている。

「いつもすみません」

「二色のしごきだろう。出してやるから、ちょっと待ってな」

またしても「もう売れた」と言いそびれて、六助は自分が嫌になる。お知寿はしごきを眺めてから、「お願いがあります」と頭を下げた。

「ここに三百文あります。これを手付金にして、このしごきを取っておいてもらうことはできませんか」

荒れた手で差し出された巾着《きんちゃく》の中身は娘の全財産だろう。しかし、二朱を銭に直したら約七百五十文である。

「残りはいつ持ってくる」

「……この三百文を貯めるのに半年かかりました。ですから、あの……半年待ってもらえれば」

「半年で三百文ならまだ足りねぇな。残りの百五十文はどうする気だい」

さらに三月待ってくれとはさすがに言いづらいのだろう。お知寿は下唇を嚙む。千吉が目配せしているのがわかったが、あえて気付かないふりをした。

「昔はともかく、今のおまえさんにあのしごきは不釣り合いだ。この金で古着を買ったほうがいい」

着ている単衣の様子からして、娘の袷《あわせ》や綿入れは恐らくろくなものではない。下手をすれば、持っていないかもしれなかった。

「しごきがいくら立派でも冬の寒さはしのげねぇ。三百文じゃたいした綿入れは買えねぇが、それでもないよりはるかにましだ」

貧乏長屋は隙間風がひどく、底冷えがする。夏の暑さより、冬の寒さがひときわ身に沁《し》みるだろう。

「下手すりゃ、風邪《かぜ》をひいて命を落とすこともある。悪いことは言わねぇ。二色のしごきは諦めな」

「たとえ不釣り合いでも、あたしは二藍と韓紅のしごきが欲しいんです。あのしごきが手に入るなら、寒さなんか苦になりません」

どうやら無理は承知らしい。迷わず言い切るその姿がなぜかお糸と重なった。

――あいつぁ仕事のことしか頭にねぇ男だからな。まかり間違って所帯を持ったところで、女房子供を大事にするような手合いじゃねぇ。いい加減、諦めちゃどうなんだい。

かつて六助はそんな言葉で「余一なんかやめておけ」とお糸に繰り返し言ったものだ。当の余一もとことんつれなかったのに、よくぞ思い続けてくれた。

たとえ不釣り合いでもしごきが欲しい、か。お糸ちゃんのしごきを締めるのは、こういう娘がふさわしいかもしれねぇな。

一途《いちず》と愚かは紙一重だ。それでも、己の選んだ結果に後悔なんてしないだろう。六助はお知寿に向かって苦笑した。

「そこまで言うなら仕方ねぇ。三百文で売ってやるよ」

「でも、それじゃ」

「おまえさんに毎日来られちゃ商売の邪魔になる。しごきは売ってやるから、二度と来るんじゃねぇぞ」

昔から「貧乏暇なし」と決まっている。この六日の間、お知寿はかなり無理をして柳原《やなぎわら》に通ったはずだ。

「それから、さっきの言葉は間違いだ。こいつはおまえさんにお似合いだよ」

「おじさん」

「この韓紅のしごきを持っていた娘は惚れた男と一緒になる。おまえさんにもきっと運が向いてくるさ」

「あ、ありがとうございます」

欲しかったしごきを受け取って娘は目を潤ませる。繰り返し頭を下げた後、弾むような足取りで帰っていった。

「俺はこうなるってちゃんとわかってたぜ。何だかんだ言って、六さんはお人好しなんだから」

お知寿の後ろ姿が消えてから、千吉は訳知り顔で手を突き出す。見ると、一朱が載っていた。

「何だ、こりゃ」

「もう一枚のしごきの代金さ。二藍を使っていないのに、三百文より多く出すんだ。知り合い相手に売らねぇなんて薄情なことは言わせねぇぜ」

まんまと思う壺《つぼ》にはまってしまい、六助は歯ぎしりする。

二枚のしごきの代金は合わせて二朱にもならなかった。

三

一膳飯屋《いちぜんめしや》だるまやは六助の長屋のすぐそばにある。かつては毎日のように立ち寄っていたが、何だかんだですっかり足が遠のいていた。

それでも同じ町内にいれば、噂は耳に入ってくる。お糸が天乃屋との縁談を断ったことは客に知られているようだ。てんでに「お糸ちゃんももったいねぇことをする」とか「親父さんの機嫌が悪いのは、玉の輿《こし》を蹴った娘に腹を立てているからだ」と呑《のん》気《き》なことを言っていた。

律儀な余一のことだから、清八の許しが得られれば六助に教えてくれるだろう。それがないということは、話は進んでいないらしい。

長屋に来たとき、余一は「腹をくくった」と言っていた。だが、父親が許してくれない限り、お糸と一緒に暮らせない。

どうしたものかと気を揉む間にも時は過ぎ――八月三日の夜五ツ過ぎ、浮かない顔のお糸が六助の長屋にやってきた。

「六さん、ちょっといいかしら」

「お糸ちゃん、久しぶりだな。そういや、余一から話を聞いてるぜ。やっと一緒になるんだってな」

冷やかすような口調で言えば、お糸の頰が赤くなる。しかし、すぐ困ったように目を伏せた。

「でも、おとっつぁんが余一さんに会うと言ってくれなくて」

「まあ、清八さんにすりゃ先延ばしにしてぇだろう」

許すしかないとわかっていても、まだ許す気になれないのだ。無理もないとうなずけば、お糸が大きな目をつり上げる。

「六さん、納得しないでちょうだい。あたしも余一さんも困っているのよ」

「そりゃ、そっちの気持ちもわかるけどよ」

どっちつかずの六助にお糸は不満を訴えた。

「うちのおとっつぁんは本当に往生際が悪いんだもの。あたしのしあわせを思っているなら、さっさと許してくれればいいのに」

「そんなふうに言うなって。この世でたったひとりの身内じゃねぇか」

思わず父親の肩を持てば、お糸が口を尖らせる。

「余一さんと同じことを言うのね」

「えっ」

「あたしは余一さんのためなら何だって捨てる覚悟なの。でも、余一さんはそれじゃ駄目だって」

「当たり前だろう。惚れた娘に親を捨てさせて平気な男がいるもんか。もしいたら、そいつは人でなしだよ」

「あたしだって捨てたい訳じゃない。でも、どちらかを選べと言われたら、余一さんを選ぶだけよ」

迷わずそう言えるのは、父が自分を捨てないとお糸が信じているからだ。切れない絆《きずな》があればこそ、赤の他人の余一を選ぶ。

子供は大事にされるほど傲慢《ごうまん》に育つものなのか。親の情につけこんで、けろっとしているから性質《たち》が悪い。

六助は人差し指でこめかみを掻《か》き、余一が言えないことを言った。

「余一は餓鬼の頃から俺を『とっつぁん』と呼んでいた。お糸ちゃんと一緒になれば、やつにも義理とはいえ本当の『とっつぁん』ができる。余一のためを思うなら、なおさら清八さんを大事にしなって」

お糸ははっとしたように目を見開いた。

「六さんはやっぱり、余一さんの生まれのことを」

今さら隠すことでもない。六助がうなずくと、お糸はほっとしたように微笑《ほほえ》んだ。

「余一さんのそばに六さんがいてくれてよかったわ。六さんがいなければ、あの人はもっと孤独だったはずだもの」

思いがけない返事に六助はうろたえた。「誰かにしゃべったら承知しないわよ」と睨まれるかと思っていたのだ。

祝言は挙げていなくても、お糸ちゃんはもう余一の女房なんだな。子供の時分の亭主のことまで察しているなんてよ。

六助がしみじみ思ったとき、「お願い」と手を合わされた。

「そう思うなら、六さんからおとっつぁんに頼んでちょうだい。あたしと余一さんの仲を許してやれって」

「お糸ちゃんが言っても駄目なのに、俺の頼みなんか聞くもんか」

「そんなことないわよ。そもそも余一さんは六さんの紹介でしょう」

余一がだるまやと関《かか》わるようになったのは、お糸が大事にしていた母親の形見に染みができてしまったせいだ。気落ちしている娘のために、清八から「何とかならないか」と相談された。

「つまり、六さんはあたしと余一さんにとって仲人も同然よ。ここは男らしく責任を取ってちょうだい」

何とも身勝手な理屈だが、不思議と腹は立たなかった。お糸はずっと余一を思い、ひとりで踏ん張ってきたのである。このまま下手に長引いて、余一がまたぞろ弱気の虫に取りつかれても面倒だ。

とはいえ、タダ働きは柄じゃない。余一にもらった二色のしごきは買い叩《たた》かれたし、お糸からももらっておこう。

「うまくいったら、溜《た》まったツケはなかったことにしてくれよ」

お糸は目をつり上げたが、「だったら、頼まない」とは言わなかった。

翌日、昼飯の客がいなくなるのを見計らい、六助はだるまやへ足を運んだが、

「六さんにゃ関わりのねぇ話だ。余計なお節介はやめてくれ」

余一のよの字を言ったとたん、清八はくるりと背を向ける。お糸は顔色を変えて父を諌《いさ》めた。

「おとっつぁん、そういう言い方はないでしょう。六さんは心配して来てくれたの

に」

「ふん、頑固親父を説得してくれとおめぇが泣き付いたんだろう」

見透かされたお糸が気まずそうに目を伏せる。六助は「そうだよ」とうなずいた。

「俺が余一とお糸ちゃんを引き合わせたようなもんだしな。あのときはこんなことになるとは思わなかったが」

「まったくだぜ」

清八は大きなため息をつき、「二階に上がってろ」と娘に言った。

「おめぇに横からごちゃごちゃ言われちゃ面倒だからな」

「……二人とも喧嘩しないでね」

お糸は不安げに呟くと、後ろ髪を引かれる様子で階段を上がる。娘の姿が消えてから、清八は刺すような目で六助を睨んだ。

「六さんがこれほどお節介とは思わなかったぜ。どうして余一に肩入れする」

「何だかんだで長い付き合いだからよ」

自分でも似合わないことをしている覚えはある。苦笑いを浮かべれば、清八が床几《しょうぎ》に腰を下ろした。

「どんなに長い付き合いでも、おめぇと余一は赤の他人だ。お糸の父のこの俺に意見なんぞできた筋合いか」

「そいつを言われちゃ二の句に困る。けど、お糸ちゃんだって好きで俺を頼った訳じゃねぇ。母親が生きていれば、俺の出る幕はなかったさ」

「……おくにが生きていれば、きっとあいつも反対した。一度は袖にしたくせに、やっぱり一緒になりてぇだなんて……人の娘を何だと思っていやがるんだ」

前かがみになった清八は腿《もも》の上に肘《ひじ》をつく。

六助は向かいの床几に腰を下ろした。

「余一はお糸ちゃんに惚れているから身を引こうとしたんだ。それくらい、親父さんもわかってんだろ」

「それならそれで最後まで意地を貫《つらぬ》きやがれ。お糸に泣かれたくらいで腰砕けになりやがって」

「お糸ちゃんに泣かれて腰砕けなのは、そっちだって一緒じゃねぇか」

「うるせぇっ、おめぇに何がわかる」

軽い調子で返したとたん、血走った目で睨まれた。

「おくにに死なれたときから、いや、お糸が生まれたときからずっと娘のしあわせを祈ってきたんだ。それなのに、あの野郎は俺の娘を泣かせやがった」

「清八さん、それは」

「他の男に押し付けようとしたくせに、やっぱり一緒になりてぇだと？　そんな男と一緒になれば、お糸が苦労するだけだっ」

「それでも、惚れた男と一緒になるのがお糸ちゃんの望みなんだよ」

先のことはわからない。だが、今のお糸は余一と夫婦になることがしあわせなのだ。

静かな口調で言い切れば、相手の眉がつり上がる。

「お糸は俺の娘だ。親でもねぇやつが知ったふうな口を利くんじゃねぇっ」

面と向かって吐き捨てられて、六助は胸の中で言い返す。そう言うそっちは、ずっとひとりで生きてきた俺のつらさがわかるのかと。

親を他人《ひと》より早く失い、誰よりも家族に憧《あこが》れながら妻や子を得ることができなかった。一度は裏街道に身を落としておきながら、人並みにしあわせを望めるほどずうずうしくはなれなかった。

だが、それもすべて自業自得だ。親の顔さえ知らなくても、他人より理不尽な目にあっても、まともに生きていけるやつもいる。六助は小さく息をつき、清八に向かって頭を下げる。

「確かにその通りだな。どうか勘弁してくれ」

ここで六助が謝ると思っていなかったのだろう。にわかに相手の目が泳ぎ、ややして首を左右に振った。

「いや、今のは俺の八つ当たりだ。こっちこそ勘弁してくんな」

それから苦しげに眉をひそめ、「わかってんだよ」と頭を抱える。

「お糸のためには早く二人の仲を許したほうがいいって。だが、わかっていてもできねぇことだってあるだろう」

ここにお糸がいれば決して言えない台詞である。六助は「ああ、そうだな」と相槌《あいづち》を打ち、気の毒な父親の肩を叩く。

迷うことなく正しいことだけできるなら、生きることはたやすいはずだ。やるべきことがわかっていても、二の足を踏むのが人なのか。

「親ってもんはありがてぇな」

後でお糸に怒られそうだが、今はそれしか言えなかった。

## 四

「そういや、捨七《すてしち》じいさんが古着の商いをやめるんだと。昨日、俺んとこに来て『六さんによろしく言ってくれ』ってさ」

八月二十日の昼七ツ（午後四時）過ぎ、隣の見世をのぞきに行った六助に長吉が突然そう言った。

捨七は土手の古着屋の中でも古株で、還暦に近い年寄りである。このところ姿を見なかったから、具合でも悪いのかと思っていた。

「捨七じいさんと六さんは俺より長い付き合いだよな。商売を畳む挨拶《あいさつ》くらい、顔を合わせてすればいいのに。いい年をしてまるで礼儀を知らねぇんだからよ」

長吉は不満そうだが、捨七はあえて六助のいないときを狙《ねら》ったのだ。長い付き合いだからこそ、「見世を辞める」と言い出せなかった年寄りの気持ちはよくわかる。

「それじゃ、じいさんの見世はどうなるんだ」

「ここんとこ、代わりにやっている男がいただろう。そいつが跡を引き継ぐらしい。じいさんは身寄りがいねぇから、売り物の古着ごと安く譲ったらしいぜ」

「そうか」

本当は捨七の様子が気になったが、六助はあえて尋ねなかった。「具合が悪そうだった」と言われたところで、してやれることは何もない。

「教えてくれてありがとうよ」

長吉に礼を言ってから、六助は辺りを見回した。

筵《むしろ》がけの粗末な床見世が建ち並び、土手の下を流れる神田川は今日も船が行き交っている。ここ何年も変わらない、見慣れたいつもの景色である。

だが、そこにいる人は変わっていく。並んでいる床見世の数は一緒でも、売っている人や客は変わる。船を操る船頭だって毎日同じとは限らない。

俺は後どのくらい、ここにこうしていられるのか。ため息をついて自分の見世に戻ってみれば、笑みを浮かべた千吉が二十歳前後の娘ににせの黄八丈《きはちじょう》を売りつけようとしているところだった。

「お嬢さんはお目が高くていらっしゃる。そいつぁまだ新しい黄八丈の本物でさ。よその見世なら一両はするが、うちの見世ではたったの二分でござんす」

「あら、そうなの」

千吉の甘い猫撫で声に見ていた娘の頬がゆるむ。これはいけると見て取って、千吉が身を乗り出した。

「こっちも商売ですから、金さえ払ってもらえれば誰にでも売りますがね。こういう明るい色は肌の白い人に似合うんです。お嬢さんのような色白のべっぴんにぜひとも着てもらいてぇ」

「まあ」

「精魂込めてこいつを織った職人だって、似合う人に着てもらいたいに決まってる。お嬢さんなら特別にこの黄八丈を一分で譲ってもいい」

千吉は娘の手を握り、じっと目を見て訴える。

頰を真っ赤に染めた娘は今にも「買う」と言いそうだ。横で見ていた六助は潮時と見て声をかけた。

「ところで、お客さんは一分も持っていなさるのかい。うちの見世は取り置きもツケも利きやせんぜ」

千吉だけを見ていた娘が夢から覚めたように目をしばたたく。それから顔色を悪くして、逃げるように立ち去った。

「店主が商売の邪魔をしてどうすんのさ」

「黄八丈のまがいものに一分はやりすぎだ」

「だから、最後は三朱か二朱で手を打つつもりだったんじゃねぇか。後もうちょっとだったのに」

恨めしそうな顔をされたが、売りつけようとしていたにせの黄八丈は、尻のあたりの生地がかなり弱っている。金持ちならいざ知らず、貧しい娘を騙《だま》すのは気が引けた。

そんな思いが顔に出たのか、千吉が男にしては細い眉をひそめる。

「六さんはいつからそんな善人になったんだ。昔のことを考えれば、俺のやり口に文句なんか言えねぇはずだぜ」

「うるせぇな。昔は昔、今は今だ」

むっとして言い返せば、千吉は「へぇへぇ」とおざなりに返す。

「ところで、さっきの娘も締めていたな」

相手の言いたいことがわかって、六助もすぐにうなずいた。

「ああ、二色のしごきだろう」

近頃往来を歩いていると、若い娘がけっこうな割合で二色のしごきを締めている。色の取り合わせはまちまちだが、井筒屋からもらったと思われる桃色や鴇色のしごきを縫い合わせたものをよく見かけた。

「六さんが言っていたように、娘二人で同じ色のしごきを締めているのも見かけたぜ。傍目も気にせず楽しそうにしゃべっていたっけ」

「ああ、俺も見たことがある」

「中には井筒屋のしごきを半衿にした娘もいるらしい。高価な絹を切り刻むなんてもったいねぇ」

「行李の奥で腐らせるより、切り刻んで使ったほうがましだろう。そういうおめぇは韓紅と水浅葱のしごきをどうしたんだ」

女物のきものを着て化粧をすれば、千吉は並みの女より美人に化ける。

こちらの問いに答えることなく、千吉は話を変えた。

「それより、あのしごきの半分は井筒屋の美人の証だよな。何だって余一はそんなものを持っていやがった。しかも、わざわざ始末をして六さんにやるなんて」

「え、そりゃ」

「美人の証の出所はだるまやの娘しか考えられねぇ。しかも、あそこの娘は玉の輿を蹴ったっていうじゃねぇか」

まさかひと月以上経ってから蒸し返されると思わなかった。二の句に困る六助の前で、千吉が「ははん」と目を細める。

「やっぱり余一と一緒になるのか」

「……ああ」

観念してうなずくと、千吉が天を仰ぐ。

「だるまやの娘ももったいねぇ真似をしやがるぜ。いずれ後悔するのは目に見えているってのに」

「おい、めったなことを言うんじゃねぇ」

「余一なんて面と腕がいいだけの職人じゃねぇか。大店の跡取りと一緒になったほうが絶対に得だ」

「そういうおめぇは面がいいだけだろう。余一に余計なことを言いやがったら、ただじゃおかねぇからな」

それでなくても、清八の許しが得られずに悶々《もんもん》としているところなのだ。釘を刺された千吉は不満げに口を尖らせる。

「六さんは余一にばっかり甘いんだから。少しは俺の味方もしてくれよ」

「ふん、おめぇみてぇな性悪の味方をして何になる」

「ひでぇなぁ」

千吉は女ならひと目惚れしそうな笑みを浮かべ、小さな声で呟いた。

「六さんは余一の『とっつぁん』だからな。俺も六さんの子に生まれりゃよかったとつくづく思うぜ」

「おい、馬鹿なことを言ってんじゃねぇ。余一は俺の倅《せがれ》じゃねぇぞ」

いったい何を言い出すのかと、六助は目を丸くする。千吉は「それくらい知ってらぁ」と鼻で笑った。

「餓鬼の頃から知ってるってだけで、決まって余一の肩を持つ。血のつながった実の親なら、さぞかし大事にしてくれただろう」

「おめぇの二親は堅気だろうが。悪党崩れの俺よりもまだましだと思うけどな」

「でも、六さんは我が子を売った金を持って夜逃げなんてしねぇだろう」

それは陰間をしていた頃、千吉が繰り返し客に語った「気の毒な身の上話」である。女郎と陰間の身の上話は作り話と決まっている。まさか、それが真実だとは今の今まで知らなかった。

六助は目を瞠《みは》ったが、千吉の表情は変わらない。右手をひらひら振りながら「俺はね」と話を続けた。

「何が何だかこれっぽっちもわからないまま、売られることになった。よく『親は馬鹿な子ほどかわいい』って言うけど、ありゃ嘘だね。本当は『馬鹿な子ほど都合がいい』んだよ。ああ、『かわいい子ほど都合がいい』かもしれねぇ」

親が金を返さずに消えたため、借金取りは千吉のいる陰間茶屋にやってきた。結局、千吉は人の何倍もの借金を抱える羽目になったという。

「俺には年の離れた弟がいたが、果たしてその後どうなったかね。俺と同じように色子として売られたかもしれねぇな。顔が俺に似ていれば、床上手でなくっても売れっ子になること疑いなしだ」

そうなっていればいいと言いたげに、千吉の笑みが暗く歪《ゆが》む。そして六助は自分の勘違いに気が付いた。

陰間をしていた頃の千吉は己の不幸に気付いていなかった訳ではない。嘆いてもどうにもならないと承知していただけなのだ。

実の親に売られ、さらなる借金を背負わされたら、「金がすべて」になるしかない。ましてや陰間は女郎より稼げる時期がはるかに短い。道理で見世一番の売れっ子が盗人《ぬすっと》の片棒を担いで荒稼ぎをした訳だ。

長屋の隣の親子や清八とお糸の姿を見て、できれば身寄りが欲しいと思った。だが、すべての親子兄弟が助け合える訳じゃない。身内に足を引っ張られ、道を踏み外すこともある。

「……おめぇの親だって後悔しているかもしれねぇぜ」

うっかり気休めを口にすれば、千吉は「馬鹿馬鹿しい」と目を眇《すが》めた。

「今さら親でもなけりゃ、子でもない。でも、もし生きているのなら、ぜひとも顔を見たいもんだね」

「そりゃ、そうだろう」

まともな答えにほっとしたとき、相手の口の端がつり上がった。

「落ちぶれ果てて物乞《ものご》いでもしていればよし、もしいい暮らしをしていたら、今度は俺が骨の髄までしゃぶってやらぁ」

寒気を催す微笑みに恨みの深さを思い知る。

――……井筒屋には、近づけるな。

この世には顔を合わせてはいけない親子もいる。心の底からそう思ったとき、身なりのいい若い男が大股《おおまた》に近づいてくるのが見えた。

「見ろよ、千吉。久々の上客だぜ」

気まずいやり取りを終わらせるべく、ことさら浮かれた調子で言う。しかし、相手が近づいてくるにつれて六助の顔がこわばっていく。胸は激しく高鳴って、心の臓が口から飛び出しそうだ。

土手に不似合いなその男は二十三、四といったところか。自分のよく知る男よりもいくぶん背が低く、肩幅も狭い。鬢付油《びんづけあぶら》が匂《にお》ってきそうな乱れのない髷《まげ》に、日焼け知らずの白い肌はおよそ正反対である。

そのくせ、顔のつくりはびっくりするほどよく似ている。秀でた額に通った鼻筋、目はこっちのほうが細いけれど、十分に血のつながりを感じさせる。

「六さん、ありゃ井筒屋の主人の愁介だぜ」

そっと耳打ちする千吉は井筒屋に絹のしごきをもらいに行って、追い返されたことがある。それとも須田町《すだちょう》の矢五郎《やごろう》について調べたとき、黒幕である主人の顔をしかと確かめたのだろうか。

こっちは顔こそ初めて見たが、ひと目見るなりすぐわかった。余一の親方から「井筒屋には近づけるな」と言い残されていたけれど、まさかここまで似ているとは。

――俺には年の離れた弟がいたが、果たしてその後どうなったかね。

いや、余一は腹違いの弟がいるなんて夢にも知らない。多少似ていると思っても、他人の空似と思うだろう。

六助が唾《つば》を吞《の》んだとき、井筒屋の主人が見世の前で足を止めた。

「古着屋の六助さんどすか」

尋ねる声まで似ていても言葉遣いはまるで違う。六助は大きく息を吸い、愛想笑いで顎を引く。

「さようです。何か古着をお探しで」

「古着ではなく、これと同じしごきが欲しいんやけど」

愁介は懐から韓紅に二藍のしごきを取り出した。

「近頃は二色のしごきを縫い合わせて使うてはる娘さんが大勢いてはる。気になって調べてみたら、どうやらここが始まりのようどすな」

「お客さん、そのしごきはどうやって手に入れられたんです」

お知寿に限って、進んで手放すとは思えない。こちらの聞きたいことを問えば、愁介は片眉を撥ね上げた。

「もちろん、ここで買った娘から買い取りました。おとなしい見かけに似合わず、ずいぶん吹っかけられましたわ」

「いったい、いくらで買ったんです」

「一両どす」

井筒屋の答えを耳にして千吉が息を呑む。三百文で買ったしごきが二十倍になったのだ。驚くのも無理はない。

お知寿は諦めてもらうために売値を吹っかけたのだろう。にもかかわらず「言い値で買う」と言われてしまい、断れなかったに違いない。お知寿が一両を貯めるには十年かかってしまうのだから。

——この韓紅のしごきを持っていた娘は惚れた男と一緒になる。おまえさんにもきっと運が向いてくるさ。

意味合いは違ったが、これも運には違いない。一方、愁介は不思議そうな顔をする。

「やけに驚いてはるみたいやけど、おまはんはいくらで売らはったんどす」

「それは……」

「韓紅に二藍やなんてめったに見いひん取り合わせや。古着屋でも一分……いや、三朱ってとこやろか」

呉服屋の跡取りだけあってひと目で二藍と気付いたか。売り値を正直に教える気にはなれなくて、六助はそっぽを向く。

「おまはんはこれを二藍と承知してはったとか。こんな上物が土手の古着屋に流れてくるなんて、不思議なこともあるもんや」

愁介は納得いかないと言いたげに、余一が始末したしごきを掲げた。

真紅の韓紅と赤みがかった紫の二藍――まるで違う色なのに、どちらも紅花が使われている。そんなことを思った瞬間、六助の頭の中で紅花の赤と血の赤が混ざり合ってひとつになった。

――なまじ見事な赤だから組み合わせる色に苦労したが、この二藍と韓紅はいい取り合わせだと思わねぇか。

余一が井筒屋のしごきを始末したのは血のつながりのなせる業か。六助は底知れぬ不安に駆られながら、膝《ひざ》から下に力を込める。

「それと同じしごきはござんせん。諦めて帰ってくだせぇ」

ようやく最初の問いに答えれば、相手は目をしばたたく。

「おや、これを持っていた娘は色違いがあるて言うとったのに」

「とっくに売れちまいました」

「だったら、このしごきをどこで手に入れはったんどす」

「見ての通り、うちは土手の古着屋でござんす。見かけねぇ娘が売りにきたのを買ってやっただけでさぁ」

「おや、そうどしたか」

井筒屋はあっさり引き下がったが、その目はかけらも信じていない。六助は早口で言い足した。

「そもそも女物のしごきなんて何に使うつもりです。若い娘にやるならともかく、御《ご》新造《しんぞ》さんが使うには少々派手だと思いやすがね」

「本当に興味があるのは、しごきそのものやない。作ったお人や」

「……何でまた」

聞き返す声はみっともなく掠《かす》れていた。愁介はしごきを畳んで懐にしまい、六助に背を向ける。

「おまはんには関わりあらへん」

冷ややかな声で言い捨てて、井筒屋の主人は西に向かって歩き出す。その姿が土手から見えなくなると、六助と千吉は揃って大きな息を吐く。

「何だってこんなところまで……韓紅のしごきを裂かれたのがそんなに癪《しゃく》に障ったのかね」

千吉の呟く声が聞こえたけれど、六助は返事をしなかった。早鐘を打っている胸がいっこうに落ち着いてくれないのだ。

「須田町の親分はもう俺たちに関わらねぇと言ったよな。どうして今になって井筒屋の主人が乗り出してくる」

「うるせぇ、俺が知るもんか」

思わず声を荒らげれば、千吉はふくれっ面になる。しかし、今の六助にはもっと気になることがあった。

須田町の矢五郎は、雪持ち柳のきものを始末したのが余一だと知っている。そして、余一はお糸を連れて井筒屋に乗り込んだことがある。二人がまた顔を合わせたら、今度はいったいどうなるのか。

——……井筒屋には、近づけるな。

親方はそう言い残したが、皮肉にも親方の仕込んだ腕が余一と井筒屋を近づけている。きものとは縁のない仕事であれば、たとえ井筒屋が江戸に来ても関わることはなかったはずだ。

いっそ余一がきものの始末屋でなくなれば、この先は安心かもしれない。余一なら筆耕をしたってお糸を養っていけるだろう。束の間《つかま》そんなことさえ考えたものの、すぐに無理だとかぶりを振る。

お糸の気持ちを受け入れるまで、余一はひたすら己を責め苛《さいな》んできた。人の思いの染み込んだきものの始末をすることが生きる支えだったのだ。

何より余一が始末をやめれば、六助の商売は成り立たない。だが、このままでは遠からず余一と愁介は再び顔を合わせてしまう。

——本当に興味があるのは、しごきそのものやない。作ったお人や。

さっき愁介に言われた言葉が耳の奥でこだまする。いったいどうすれば、余一を守ることができるのか。

もう少しでお糸ちゃんとしあわせになれるのに。どうして井筒屋は江戸店なんか出しやがった。

頭を抱える六助を見て、千吉もただならぬものを感じたらしい。しばらく黙っていたけれど、思い出したように呟いた。

「なぁ、井筒屋の主人は筋違御門《すじかいごもん》のほうへ行ったよな」

「それがどうした」

尖った声で言い返したら、千吉がわずかに眉を寄せる。

「両国の店に戻るなら反対だろう。これからどこに行くんだか」

その言葉を聞いた刹那《せつな》、六助は立ち上がって走り出す。後ろで千吉の呼び止める声がしたけれど、足を止める暇はなかった。

# 五

どうか俺の勘違いであってくれ。

六助は祈るような思いで櫓《やぐら》長屋へ駆けつけた。

「余一、俺だ。六助だ」

荒い息で名乗ると同時に腰高障子を引き開ける。土間にいた愁介は眉をひそめて振り返り、上り框《がまち》に立つ余一は驚いたように目を見開く。

「とっつぁん、急にどうした」

「いや、その……おめぇのことが気になってよ」

二人からじっと見つめられ、六助は気まずく目をそらす。口を開けば、自ら墓穴を掘りそうだった。

「六助さんもいけずやなぁ。知らない娘が売りに来たなんて嘘をついて」

「それは……」

「せっかく走ってきてくれはったんや。この際、三人で話し合えばええ」

「おれはおめぇさんと話すことはねぇ。早く出ていってくれ」

余一はそう言って愁介を睨み、六助には「大丈夫か」と声をかける。

「もう若くねぇんだから、無理して走ってこなくても」

「うるせぇな。人が心配して来てやったのに」

いつものくせで言い返すと、愁介が「心配ねぇ」とせせら笑った。

「おまはんは大事な金蔓《かねづる》が奪われたら大変て思わはったんやろ。余一さん、騙されたらあきまへん」

「人聞きの悪いことを言うんじゃねぇ」

まさか井筒屋の口からこんな台詞を聞こうとは。六助がこぶしを握って怒鳴りつけても、愁介はまるで動じなかった。

「だったら、どうしてさっき嘘をつかはりました。よほど手前を余一さんに会わせたくなかったようや」

それはその通りだが、どうして金蔓が出てくるのか。身構える六助に背を向けて、愁介は懐から二色のしごきを取り出した。

「これは余一さんが始末しはったものどすな」

「だったら、何だ」

「他にもおまはんが始末したといういうきものを見たことがあります。これほどの腕を持ちながら、古着の染み抜きやら染め直しをしてはるなんて……まさしく宝の持ち腐れというもんどす」

余一に微笑みかける愁介の口ぶりで、六助は相手の望みに気が付いた。ひそかに恐れていた通り、井筒屋は余一の腕に目を付けたのだ。

「こいつは好きで古着の始末をしているんだ。昨日今日江戸に出てきたやつが余計なことを言うんじゃねぇ」

早くここから追い出そうと六助は声を荒らげる。愁介は嘲《あざけ》るような笑みを浮かべた。

「とうとう本音を出しはりましたな」

「何だと」

「六助さんは余一さんの始末したきもので楽に儲《もう》けていはるとか。しかも、手間賃は雀《すずめ》の涙やて聞きましたけど」

その辺りの事情は須田町の矢五郎から聞いたのだろう。とっさに言い返せない六助に代わって、余一が井筒屋を睨みつけた。

「そんなことはおめぇさんに関わりのねぇ話だ。いったい今日は何の用でここに乗り込んできやがった」

「そない喧嘩腰になられたら、落ち着いて話もでけしまへん。ひとまず上がらせておくれやす」

「何度も言ってるが、こっちは話なんざねぇ。とっとと帰ってくれ」

「……仕方おへん。せやったら、このまま話をさせてもらいます」

愁介はそう言ってまっすぐ余一の顔を見た。

「おまはんにうちの仕事を頼みたい」

「こいつぁ驚いた。井筒屋は呉服屋かと思っていたが、古着も扱っていたのかよ」

「あほなことを言わんといておくれやす。おまはんに頼みたいのは白生地から染める特別高価なものだけや」

笑いながら手を振る相手に余一は冷ややかな目を向ける。

「おれは前に名乗ったはずだぜ。仕事はきものの始末屋だって」

「へえ、承知しております」

「おれは染屋でも絵付師でも仕立て職人でもねぇ。古着ならともかく、白生地なんか扱えるか」

余一は怒りを隠すことなく、ひと息に吐き捨てる。しかし、相手は動じなかった。

「きものの始末をしてはるさかい、染めも絵付けも仕立てもできはるとか。ええ加減、貧乏人相手の仕事はやめなはれ」

「おれは好きで貧乏人相手の仕事をしているんだ。赤の他人のあんたにとやかく言われる筋合いはねぇ」

「そ、そうだ。こいつは井筒屋の仕事なんざ何があっても受けやしねぇ。寝言は寝てからほざきやがれ」

余一の剣幕を見て我に返り、六助も横から加勢する。すると、井筒屋はあからさまに眉をひそめる。

「身寄りのいない余一さんのさびしさに付け込んで……おまはんがおらなんだら、この人はとっくに名の通った職人になっとったはず。長い付き合いを笠《かさ》に着て、いつまでこのお人にたかる気どすか」

六助は言い返そうとしたけれど、言葉が出てこなかった。付き合いの長さと余一のさびしさに付け込んだ覚えはあったからだ。

周りの大人から構ってもらえない子供の余一に声をかけ、「とっつぁん」と呼ぶことを許してやった。さらに親方の口から憐《あわ》れな出自を教えられ、自分なりに余一を守ってきたつもりである。

だから、余一にとって自分は特別だと思っていたし、余一が大人になってからは当然のように頼っていた。余一だって文句を言いつつ、ずっと言うことを聞いてくれた。

だが、今はお糸も余一の生まれを知っている。この先二人が一緒になって赤ん坊でも生まれれば、何だかんだで金もかかる。余一だってもっと割のいい仕事をしたくなるに違いない。お糸も亭主に名を上げて欲しいと思うだろう。

そうなったら……俺はいったいどうなるのか。顔から血の気が引いたとき、余一が「黙りやがれ」と声を上げた。

「その二つの耳は飾りもんか。おれは好きで貧乏人相手の仕事をしていると言っただろう」

「江戸っ子はやせ我慢が身上らしいけど、こないなところでやせ我慢をしはっても何ひとつええことあらしまへんで」

「だから、おれは」

「働くのは金を得るためや。百姓も職人も商人もそこのところは同じどす。せっかくの腕を活かさへんのは、手に入るはずの金をみすみす捨てるようなもんや」

余一の言葉を遮って井筒屋がしたり顔で言う。すると、きもの始末の職人は呆気《あっけ》に取られた顔をした。

「何だ、そりゃ」

「どうしてびっくりしてはります？　誰でも承知していることやないか」

「あいにくおれは承知してねぇ。おれはおれのやりたいことをやりたいようにしているだけだ。そうすりゃ、日々の食い扶持くらいは懐に入る。それ以上儲けたいなんて考えたこともねぇ」

力の抜けた口ぶりに本気で言っているとわかったのだろう。今度は井筒屋が呆気に取られる番だった。

「せやったら、本気で貧乏人の古着の始末がしたいって言わはりますか。まっさらな白生地を思い通りに染めるより、豪華なきものを仕立てたくさんの手間賃を手に入れるより、擦り切れた古着の染み抜きや、縫い直しのほうが好きやって」

「ああ、おれは人の思いの染みついたきものに触れるのが好きなんだ。呉服屋の蔵にあるような新品には興味がねぇ」

その言葉がよほど信じ難いのだろう。井筒屋は言葉を失った後、「嘘や」と低い声で吐き捨てた。

「人は金のためやったら、どないなことでもする。金の欲しくない人なんてこの世にいてるはずがない」

「あんたは金儲けのためだけに商いをしているのか。だとしたら、井筒屋はこれから先が大変だな」

「何やて」

「大隅屋の若旦那は金儲けだけじゃない。奉公人のことや客のこともちゃんと考えて商いをしている。何より、あの人はきものが好きだ」

余一が商売敵の名を出したとたん、井筒屋の顔が青ざめる。そして、「勝手なことを言わんといて」と歯を剝き出した。

「何百年も続く暖簾《のれん》を守ることがいかに大変か知らんくせに」

「ああ、おれには関わりのねぇ話だからな。それに勝手なことを言い出したのはそっちが先だろう。嫌ならとっとと帰ってくれ」

土間に立つ井筒屋と上り框に立つ余一が正面切って睨み合う。六助は殺気立つ二人の姿を見つめることしかできなかった。

「……わかりました。今日のところは帰ります」

どのくらい無言の睨み合いが続いたか。肩を落とした井筒屋がため息をついて踵《きびす》を返す。そして表に出たところで、余一のほうに振り返った。

「そのうち、おまはんも手前の言ったことが正しいてわかるはずや。そのときは、今日の言葉を取り消してもらいます」

負けず嫌いの捨て台詞を余一は無言で聞き流す。すると、相手は怒ったように勢いよく障子を閉めた。

「傍迷惑《はためいわく》な野郎だぜ。とっつぁん、顔色が悪いけど、大丈夫かよ」

心配そうに声をかけられ、六助は慌てて顎を引く。だが、余一は眉を撥ね上げた。

「あんな訳のわからねぇ野郎の言葉にうろたえるなんて、とっつぁんらしくねぇ。ほら、いつまでも突っ立ってねぇで上がれって」

六助がのろのろ腰を下ろすと、余一に顔をのぞき込まれる。その顔を見返して、六助は思わず呟いた。

「なあ、井筒屋をどう思う」

「嫌いに決まってるじゃねぇか。何だってそんなことを聞く」

間髪を容れずに答えられ、六助は苦笑した。

余一は金持ちが嫌いだし、考え方も正反対だ。わざわざ聞いてみなくても答えはわかっていたはずなのに。

おめぇは天涯孤独じゃねぇ。今の男は腹違いの弟だ――もしも余一にそう告げたら、どんな顔をするだろう。

親方は「告げるな」と言い残したが、この先も黙っていることが本当に余一のためなのか。俺は自分の都合で肝心なことを隠しているだけじゃないか。

京の井筒屋の主人は女を手籠めにしたろくでなしでも、愁介は違う。余一だって血のつながった弟と知れば、きっと見る目が変わってくる。

そんな迷いが生じたとき、「とっつぁん」と余一に呼びかけられた。

「何だって、あんな野郎におれの始末したしごきを売ったんだ」

「お、おい、そりゃ誤解だ。俺が売ったのは貧しい娘で、井筒屋はその娘から強引に一両で買ったんだよ」

唾を飛ばして言い訳したが、余一はまだ疑うような目つきをしている。六助は仕方なく言いにくいことを口にした。

「落ちぶれちまった娘らしくて、二藍が母親の持っていたきものの色に、韓紅が自分の振袖の色に似ているって言うからさ。俺としちゃあのしごきを二朱より下で売るつもりはなかったんだが……」

「いくらで売ったんだ」

「……三百文」

小さな声で答えれば、余一がめずらしく破顔した。

「やっぱり、とっつぁんはおれと同じだな」

「てやんでぇ。俺はおめぇみてぇなお人好しじゃねぇ」

ぶすりと言い返したが、余一はまだ笑っている。その顔を見ているうちに、六助は自分の思い違いに気が付いた。

余一と愁介の顔立ちは似通っている。だが、その考えも表情も何ひとつ似ているところはない。同じ紅花が使われていても、二藍と韓紅の色がまるきり異なっているように。

お糸ちゃんだって、余一の身体に流れているのは余一の血だって言ったじゃねぇか。

六助はそう思い直し、笑い続ける余一を睨む。

「おい、いつまで笑っているつもりだよ」

「だって、一両でも売れるしごきを三百文だぜ。それでよくお人好しじゃねぇなんて言えたもんだ」

「うるせぇ」

六助はそっぽを向いてから、ふと気になったことを聞く。

「そういや、どうして井筒屋を長屋の中に入れたんだ。いつものおめぇなら、敷居を跨《また》がせねぇはずじゃねぇか」

前に比べれば多少はましになったとはいえ、余一は人をそばに寄せたがらない。まして嫌っている相手なら、話を聞かずに追い返すはずだ。

すると、余一は「そういや、そうだよな」と首を傾げた。

「何となく、話を聞かねぇといけないような気がしちまって……」

らしくない真似はするもんじゃねぇと、余一は渋い顔をする。

兄弟とは知らなくても、流れる血が呼び合うのか。六助は思わず身震いした。

# なでしこ日和

一

男はよく「女は噂好《うわさず》きでおしゃべりだ」と言うけれど、男だって負けていないとお糸は思う。

父の営む一膳飯屋《いちぜんめしや》だるまやで「天乃屋との縁談は駄目になった」と一言口にしたとたん、居合わせた客は大騒ぎした。おまけに翌日には、常連客のほとんどがそのことを知っていたのである。

——紙問屋の跡継ぎを袖《そで》にするなんて、何を考えているんだか。清八さんも娘を甘やかしすぎたみてぇだな。

——そりゃ、逆だろう。釣り合わぬは何とやらで天乃屋の親戚筋《しんせきすじ》から横槍《よこやり》が入ったに決まってらぁ。

——俺はきっと流れると思ってたぜ。お糸ちゃんみてぇなはねっかえりに大店《おおだな》の御《ご》新造《しんぞ》が務まるもんか。

——お糸ちゃんが嫁に行かないなら、おいらはもう何でもいいや。

いくら声を潜めたところで、店の中でのやり取りは嫌でも耳に入ってしまう。並みの娘なら寝込んでしまうかもしれないが、お糸はあまり気にしなかった。余一と両思いになった今、素知らぬ顔で聞き流せる。

一方、父はといえば……客で混み合う八朔《はっさく》（八月一日）の晩、お糸は調理場に立つ後ろ姿をちらちら横目でうかがっていた。

父の清八は職人気質《かたぎ》で、元から愛想のいいほうではない。しかし、このひと月の機嫌の悪さは目を覆うばかりである。常連客は「娘の玉の輿《こし》が流れたせいだ」と勝手に同情してくれた。

——……余一に言っとけ。この店の敷居をもう一度だけ跨《また》がせてやる。ただし、そう簡単に許してもらえると思うなってな。

天乃屋へ縁談を断りに行く前の夜、父はいつもと様子の違う娘を見て「何があった」と問い詰めた。ごまかし切れずに「余一さんがあたしと一緒になりたいと言ってくれた」と打ち明ければ、「どうしてもやつと一緒になるなら、おめぇとは親子の縁を切る」と頭ごなしに反対された。

男手ひとつで育ててくれた父には心から感謝している。二人の仲を反対するのは、娘のしあわせを願っていればこそだとも。それでも「あの人じゃなきゃ駄目なの」と泣いて縋《すが》って謝れば、父は渋々譲ってくれた。

ところが縁談を断って二人で店に帰ってみると、一切話を聞かないで余一を追い出したのである。

――一度だけ敷居を跨がせてやるとは言った。だが、話を聞いてやるとは言ってねぇ。本気でお糸を嫁に欲しけりゃ、こっちの機嫌のいいときに出直しな。

勝手すぎる言い草にお糸は目尻《めじり》をつり上げた。

今さらそんなことを言うなんて昨夜のやり取りは何だったのか。ところが、自分の思い人は言われた通りに帰ってしまった。

ずっと思い続けてやっと振り向いてくれたのに……ひょっとしたら昨日の今日で愛想を尽かされたのかしら。

お糸は居ても立ってもいられなくなり、小半刻《こはんとき》（約三十分）もしないうちに櫓長屋《やぐら》へ駆け込んだ。

――余一さん、ごめんなさい。昨夜はあんなじゃなかったのに、おとっつぁんがここまでわからずやとは思わなかったわ。

させてもらう。
——いや、親父《おやじ》さんが怒るのも無理はねぇ。言われた通り、機嫌のいいときに邪魔
本来なら「怒っていなくてよかった」と安堵《あんど》すべきところだろう。しかし、お糸は
ものわかりのよすぎる相手にますます不安を募らせた。
父の機嫌のいいときを待っていたら、二人の仲が許されるのはいつになるかわから
ない。一刻も早く結ばれたいのは、ひょっとして自分だけなのか。
おとっつぁんの馬鹿。余一さんと一緒になれなかったら、一生嫁に行かないで文句
を言い続けてやるんだから。
胸の内で父への恨みを唱えつつ、お糸は持参した韓紅《からくれない》のしごきを差し出した。
——余一さんと一緒になったら、こんな派手なしごきは使えないでしょう。きもの
の始末に使ってちょうだい。
井筒屋からもらった真っ赤なしごきをお糸はほとんど使っていない。自ら望んだ訳
ではないし、井筒屋の裏の所業を知ってますます使う気が失《う》せた。いっそ余一に始末
してもらおうと前から思っていたのである。
天乃屋の若旦那《わかだんな》に頭を下げてくれたとはいえ、何しろ今までが今までだ。お糸とし
ては精一杯の念押しをしたつもりだった。

余一さんはあたしでいいのよね。

おとっつぁんに反対されても、お嫁にもらってくれるのよね。

口に出せない思いを込めた真っ赤なしごきを余一はすぐに受け取った。

――井筒屋のしごきはけちがついちまったからな。始末してから土手で売ってもらうとするか。

小さな声でひとりごち、首から下げていた守り袋の口を開く。中から転がり出したのは二つの水晶珠《だま》だった。

――こいつは物心がつく前から、おれが持っている唯一のものだ。大きさからして数珠《じゅず》珠《だま》だろうが、どういういわれのものかは知らねぇ。

聞けば初めは一粒だったが、余一の親方が同じものを持っていて、死ぬときに残してくれたという。

――どっちが元から持ってたものか、今じゃおれにもわからねぇ。何の役にも立たねぇが、お糸ちゃんにも一粒持っていて欲しい。

余一はためらいがちに言い、二つの水晶珠を差し出す。お糸は目を見開いて大きな掌《てのひら》を見下ろした。

金持ちの倅《せがれ》に目を付けられた余一の母は京の尼寺に逃れた末、手籠《てご》めにされたと聞いている。これはその母が持っていたものだろうか。余一を育てた親方が同じ数珠珠を持っていたのは、産みの母と知り合いだからか。

出所《でどころ》ははっきりしなくても、親を知らない身にとってかけがえのない宝物だ。思わず「いいの？」と確かめれば、余一の口がかすかに綻《ほころ》ぶ。

――ああ。できたら、おれと同じように身に着けてもらえるとありがてぇ。

遠慮がちな一言にうれし涙が出そうになった。お糸は無言でうなずいて、震える手で一粒摘まむ。それを失《な》くさないように手ぬぐいで包んで懐にしまった。

この小さな水晶珠を揃《そろ》って身に着けていれば、離れていても通じ合える。頑固親父の許しが出るまで辛抱できると思ったけれど。

「ここまで意地を張られるとは思わなかったわ」

客が食べ終えた膳を片づけながら、お糸はこっそり呟《つぶや》いた。

近頃は噂の種にされることも少なくなった。にもかかわらず、父の機嫌はいよいよ悪くなっている。

顔色をうかがいつつ「いつ余一さんに会ってくれるの」と尋ねれば、たちまち眉《まゆ》をつり上げる。この数日は、余一のよを言い出すだけでじろりと睨《にら》まれる有様だ。

次第にお糸も「わがままを言って申し訳ない」という気持ちが薄れて、苛立《いらだ》ちのほうが勝ってきた。

　あたしの気持ちを知っているくせに、どうして許してくれないの。おとっつぁんだって好きな相手と一緒になったんでしょう。娘のあたしが思い定めた相手と一緒になって何が悪いの。

　お糸は眉間《みけん》にしわを寄せ、自分で縫った数珠珠入りの守り袋をきものの上から手で押さえる。そのとき、振り向いた父と目が合った。

「何をぼんやりしてやがる。さっさと運べ」

　言いたいことはいろいろあるが、これ以上父の機嫌を損ねたくない。お糸は「ごめんなさい」と謝って、下げた膳を片づけた。


「そりゃ、仕方がねぇんじゃないの。おいらがお糸ねえちゃんのおっとうでも、余一と一緒になるのは反対するぜ」

　八月二日の昼八ツ（午後二時）過ぎ、お糸はだるまやに顔を出した達平《たっぺい》を玉池稲荷《たまいけいなり》に連れ出した。並んで境内を歩きながらつらい思いを訴えると、年の割にませた子は遠慮のない口を利く。

　余一さんにはいろいろ世話になったくせに、まったくかわいげがないんだから。お糸は目を尖《とが》らせて隣を歩く子供を見下ろした。

「どうしてそういうことを言うの。余一さんと話し合えって、櫓長屋に連れていってくれたのは達平ちゃんじゃないの」

「他人《ひと》のせいにすんなよな。おいらは話し合えって言っただけで、一緒になれとは言ってねぇもん」

悪びれることなく言い返されて、お糸は頰《ほお》をふくらませる。あのときの「話し合え」は「一緒になれ」と同じだろう。

「前にも言ったと思うけど、世の中はお金がすべてじゃないわ。惚《ほ》れた相手と一緒になるのが一番のしあわせなの。達平ちゃんの両親だって互いに思い合って一緒になったんでしょう」

「そりゃ、そうだけど」

「おとっつぁんはさっさと嫁に行けってあたしに繰り返し言ったのよ。土壇場で反対するなんておかしいじゃない」

十一歳の子にこんなことを言っても始まらないと頭ではわかっている。

だが、幼馴染《おさななじ》みのおみつはだるまやに顔を見せなくなり、古着屋の六助もツケがたまってしまったせいか、すっかり足が遠のいていた。今のお糸の周りには愚痴や悩みを聞いてくれる適当な相手がいないのだ。

天乃屋に行ったひと月前はきものが汗で湿るくらいに暑かった。今日は肌に触れる風も乾いていて、見上げる空もより青さが増している。玉池稲荷の境内でも秋を告げる萩《はぎ》や撫子《なでしこ》が可憐《かれん》な花を咲かせていた。

日の暮れは日に日に早くなり、お糸の焦りは増していた。

「もし余一さんに嫌われたら、あたしはおとっつぁんを許さないわ」

年が明ければ、自分は二十歳になってしまう。口さがない連中からは「年増」とからかわれる年だ。苛立ちもあらわに腕を大きく振り上げれば、達平がうんざりしたようにため息をつく。

「ねえちゃんはおっとうにだけ腹を立てているけどさ。おいらに言わせりゃ、余一のほうが悪いと思うぜ」

「どうしてよ」

「娘の玉の輿を邪魔されて喜ぶ親がいるもんか。それを承知でねえちゃんと一緒になる気なら、どれほど罵《ののし》られたって文句は言えねぇはずだろう。ねえちゃんのおっとうに許してもらえるまで、しつこく謝るしかないんじゃねぇの。『機嫌のいいときに来い』と言われて、帰っちまうほうがどうかしてらぁ」

「それは……」

「ねえちゃんも余一の尻を蹴飛《けと》ばして、だるまやに連れていけばいいんだよ。おいらにいくら愚痴っても、おっとうの機嫌はよくならないぜ」

　無理を承知で許しを請うなら、相手の態度にかかわらず頭を下げ続けるべきだ――もっともな子供の言い分にお糸は言葉を失った。

　去年の冬、お糸は普請中の井筒屋で桐屋に脅しをかけていた大男に襲われた。その際、余一が身体《からだ》を張ってお糸をかばってくれたため、父は「一緒になってもいい」と一度は認めたのである。

　しかし、肝心の余一が煮え切らず、しばらくするとお糸を遠ざけ、天乃屋の跡継ぎである礼治郎との仲を取り持つような真似《まね》までした。今になって「お糸を嫁にもらいたい」と言い出せば、余一に惚れ込んでいる自分はともかく、最初《はな》から乗り気でなかった父が腹を立てるのは当たり前だ。

　一緒になろうと約束してから、お糸は父の目を盗んで三度ほど櫓長屋へ行っている。その都度「おとっつぁんに会うのはもう少し待って」と問われる前に口にした。余一は判で押したように「反対されるのは承知の上だ。たったひとりの身内に許してもらえるまでいつまでも待つ」と言ってくれる。

──一緒になってくれるのかと、念押ししてぇのはこっちのほうだ。本当におれでいいのか。後で若旦那と一緒になってりゃよかったと、後悔したって遅いんだぞ。

余一の言葉はうれしかったし、大事な数珠珠だってくれた。けれど、「お糸ちゃんが好きだ」とか「惚れている」とは一度も言われた覚えがない。

無愛想な職人に歯の浮くような口説き文句を望んだって仕方がない。それでも、一度でいいから言って欲しいと願う自分が愚かなのか。

あたしがあんまりしつこいから、ほだされただけじゃないかしら。おとっつぁんにひどいことを言われたら、嫌気が差すかもしれないわ。

余一がお糸を拒んだのは、「手籠めにされて生まれた子」という自らの出自を恥じたからだ。それはわかっているけれど、一度拒絶されたせいで常に不安がつきまとう。

無言で顔を下に向ければ、達平が気遣うようにこっちを見ていた。

ここは大人らしく「心配しないで」と笑うべきだろう。しかし、口を開くと涙が出そうで、お糸は顔を上げられない。

見かねたらしい達平は百面相をした末に、「そうだ」と笑顔で手を打った。

「おいらが棟梁《とうりょう》にねえちゃんたちの仲を取り持ってくれって頼んでやるよ」

唐突な言葉に驚いて、込み上げた涙が引っ込んだ。

「棟梁って誰のこと」

だるまやの客に棟梁なんていたかしら。首を傾《かし》げるお糸の前で達平が意気込んだ。

「おいらが世話になっている大工の棟梁だよ。よく仲人を頼まれるって威張ってんだ。仲人って縁談をまとめる人だろう」

薄い胸をそらされて、お糸は額に手を当てる。

確かに、仲人は男女の縁を取り持つ人だ。大工の棟梁ならば仲人を務めることも多いだろう。

しかし、「玉の輿を蹴って身寄りのない職人と一緒になるつもりだが、父親に反対されている」と正直に言えるはずがない。どうせ「父親の言うことはもっともだ。考え直せ」と説教されるのが関の山だ。

「ありがとう。気持ちだけ受け取っておくわ」

礼を言って断れば、達平が口を尖らせる。

「人がせっかく知恵を絞ってやったのに」

「ごめんなさい。でも、見ず知らずの人に迷惑をかける訳にはいかないもの」

「だったら、余一とねえちゃんの知り合いに頼めば」

「えっ」

「喧嘩《けんか》して引っ込みがつかないときは、仲を取り持つやつがいねぇとな」

達平にとっては男女の仲を取り持つのも、喧嘩の仲裁をするのもたいした違いはないらしい。お糸は内心呆《あき》れたものの、このままでは埒《らち》が明かないのも確かである。

おとっつぁんとも顔見知りで、あたしと余一さんの味方になってくれそうな人と言ったら……やっぱりひとりしかいないわよね。

ツケを溜《た》め込んだまま姿を見せない客を思い、お糸は顔をしかめてしまった。

二

八月三日は客の引きが早く、五ツ（午後八時）頃にはもう数えるほどになっていた。お糸はこれ幸いと紺の前掛けを手早く外す。

「おとっつぁん、実は道端《みちばた》で財布を拾ったの。お客さんの数も減ったから、自身番に届けてくるわ」

「おい、お糸」

訝《いぶか》しげな声が聞こえたけれど、お糸は足を止めなかった。お客が店にいる限り、父は追ってこられない。

おとっつぁん、嘘《うそ》をついてごめんなさい。でも、おとっつぁんだって悪いのよ。いつまで経《た》ってもあたしと余一さんの仲を許してくれないんだから。

心の中で言い訳して、お糸は同じ町内にある六助の長屋に向かった。

「六さん、ちょっといいかしら」

腰高障子を開けて遠慮がちに尋ねれば、ひとりで晩酌をしていた古着屋は長屋に招き入れてくれた。

「お糸ちゃん、久しぶりだな。そういや、余一から話を聞いてるぜ。やっと一緒になるんだってな」

にやにやしながら言われると、恥ずかしくって仕方がない。だが、もじもじしている暇はないと、お糸は悩みを口にする。

「でも、おとっつぁんが余一さんに会うと言ってくれなくて」

「まあ、清八さんにすりゃ先延ばしにしてぇだろう」

父と年が近いとはいえ、余一と親しい六助がそんなことを言うとは思わなかった。

お糸は憤慨して相手の顔を睨みつける。

「六さん、納得しないでちょうだい。あたしも余一さんも困っているのよ」

長い付き合いをいいことに余一さんをこき使っているくせに。そっちがそのつもりなら、溜まりに溜まった店のツケを今すぐまとめて取り立ててやる。

お糸の心の声が聞こえたのか、相手は怯んだように呟いた。

「そりゃ、そっちの気持ちもわかるけどよ」

「うちのおとっつぁんは本当に往生際が悪いんだもの。あたしのしあわせを思っているなら、さっさと許してくれればいいのに」

「そんなふうに言うなって。この世でたったひとりの身内じゃねぇか」

「余一さんと同じことを言うのね」

言われなくてもわかっているとお糸は口を尖らせる。

たったひとりの身寄りだから、自分の味方をして欲しい。他人はわかってくれなくても、父にはわかってもらいたい。それが甘えというのなら、身内に甘えて何が悪い。

余一も六助も天涯《てんがい》孤独の身の上だから、どんなものにも替えがたい親子の絆《きずな》を知らないらしい。

「あたしは余一さんのためなら何だって捨てる覚悟なの。でも、余一さんはそれじゃ駄目だって」

表向きの縁を切ったところで、自分が清八の娘であることは変わらない。ためらうことなく言い切れば、六助が片眉を撥《は》ね上げる。

「当たり前だろう。惚れた娘に親を捨てさせて平気な男がいるもんか。もしいたら、そいつは人でなしだよ」

「あたしだって捨てたい訳じゃない。でも、どちらかを選べと言われたら、余一さんを選ぶだけよ」

「余一は餓鬼の頃から俺を『とっつぁん』と呼んでいた。お糸ちゃんと一緒になれば、やつにも義理とはいえ本当の『とっつぁん』ができる。余一のためを思うなら、なおさら清八さんを大事にしなって」

苦笑まじりの説明にお糸はようやく納得した。

顔も知らない父親を憎んでいる余一にとって、我が子を守る清八は父親の鑑《かがみ》に違いない。だからこそ「娘と一緒になっていい」とちゃんと認めて欲しいのか。

同時に、余一が六助を特別扱いする謎《なぞ》も解けた。

「六さんはやっぱり、余一さんの生まれのことを」

黙ってうなずき返されて、お糸は少しほっとする。

母を亡くしてから、お糸はいつも位牌《いはい》に向かって「おっかさん」と呼びかけてきた。返事はないとわかっていても、手を合わせるたびに「おっかさん、今日はいい天気よ」とか「おっかさんの好きな花が咲いたわよ」と話しかけてしまう。「おっかさん」と声に出すたび、不思議と心が安らいだ。

生まれながらに余一が背負っている業《ごう》は深い。「とっつぁん」と口にできるだけで、さびしさが和らいだはずである。

余一が小さい頃ならば、六助だって若かったろう。人前で「とっつぁん」と呼ばれるのは居心地が悪かったに違いない。

ツケを溜めるような人だけれど、根っから悪い人じゃないのよね。もう少し真面目《まじめ》に働けば、おかみさんをもらうこともできたでしょうに。

頭の隅でそんなことを考えて、お糸は「お願い」と手を合わせた。

「そう思うなら、六さんからおとっつぁんに頼んでちょうだい。あたしと余一さんの仲を許してやれって」

「お糸ちゃんが言っても駄目なのに、俺の頼みなんか聞くもんか」

「そんなことないわよ。そもそも余一さんは六さんの紹介でしょう」

もし六助がだるまやの客でなかったら、母の形見のきものに染みができたりしなかったら……きっと自分は余一と出会い、好きになっていなかった。そのことだけは六助に感謝してもいい。

「つまり、六さんはあたしと余一さんにとって仲人も同然よ。ここは男らしく責任を取ってちょうだい」

上目遣《うわめづか》いに見つめれば、ずうずうしい古着屋はあごをしゃくった。

「うまくいったら、溜まったツケはなかったことにしてくれよ」

足元を見られて腹が立つが、こんな人でも余一にとって身内同然である。これからの付き合いを考えて、お糸は大目に見ることにした。


翌日、六助は店が暇な時分を見計らってだるまやに来てくれた。お糸を二階に追い払った後、二人が何を話したかわからない。それ以来、父はつらそうな顔をすることが増えた。

頭ごなしに反対されれば、こっちも負けじと言い返せる。けれども、何かを耐えるような顔をされると、「ごめんなさい」と謝りたくなる。

六さんってば、おとっつぁんに何を言ったのかしら。これなら額に青筋を浮かべていたほうがまだましだったわ。

腹の中で文句を言いつつ、最初の十日は我慢した。しかし八月二十二日の晩、お糸はとうとう音を上げた。

「ずっと様子がおかしいけれど、六さんに何を言われたの」

二階の部屋で詰め寄れば、父が不満そうな顔をする。

「おめぇが野郎をけしかけたんだ。わざわざ聞くまでもねぇだろう」

「おとっつぁんはそんなに余一さんが嫌いなの？　一度は一緒になることを許してくれたじゃない」

頑《かたく》なな父の態度に恨みがましい声が出る。父はこのところよく見せる痛みをこらえるような顔をした。

「俺は余一を嫌っててんじゃねぇ。おめぇの代わりに怒ってんだよ」

「あたしの代わりに怒るってどういうことよ。あたしは余一さんと思いが通じて喜んでいるのに」

「ふん、笑わせるな。本当に思いが通じていたら、相手の顔色をうかがったりしねぇだろうが」

「あたしは別にあの人の顔色をうかがってなんか」

「だったら、どうして『二人の仲を許してくれ』と余一は俺に言いに来ねぇ。おめぇが『おとっつぁんの機嫌が悪い』と、待ったをかけているんだろう」

ぴしゃりと言い返された言葉にお糸は息を呑《の》む。まさか父に見透かされているとは思わなかった。

「おめぇが余一に惚れ込んでいることはわかってる。嫌われたくねぇ一心で機嫌を取るのも無理はねぇ。だが、それじゃ夫婦になれねぇぞ」

「あたしは余一さんのそばにいられるだけでしあわせだもの。余計な心配をしなくたって大丈夫よ」

とっさに言い返した声は我ながら上ずっていた。父は口をへの字に曲げてお糸の顔をのぞき込む。

「惚れた相手に甘えることすらできねぇで、何が『心配しなくても大丈夫』だ。夫婦ってなぁ弱みをさらして一緒に生きていくもんだ。おめぇは余一の前でみっともない姿をさらせるのか」

「それは……一緒に暮らしていくうちにだんだん慣れるものでしょう。惚れた相手に初めからすべてをさらけ出せるもんですか」

余一だって己の負い目を白状したのは、ついこの間のことである。父や母だって最初はいいところだけ見せようと恰好をつけていたはずだ。

けれども、こっちの言い分を父は認めようとしない。困ったもんだと言いたげにかぶりを振る。

「それだけじゃねぇ。おめぇは傷ついてんだよ」

「えっ」

「どんな事情があれ、惚れた相手から『一緒になる気はねぇ』と言われたんだ。傷つかないほうがどうかしてらぁ。おめぇがしきりと余一の顔色をうかがうのは、また傷つけられるのが怖いからだ」

「あ、あたしは……」

そんなことはないと言おうとして、四月の雨に打たれながらさまよったことを思い出す。

苦しくて悲しくて、どうしていいかわからなかった。初恋が散ったくらいでみっともないと思っても、胸の痛みは止まらなかった。

あれから四月も経ったのに、きものを濡《ぬ》らすあの日の雨の冷たさが生々しくよみがえる。お糸は身を震わせて右手で自分の胸を押さえた。単衣のきものごしに余一にもらった数珠珠の硬さを確かめる。

あれはもう終わったことだ。

忘れてしまったほうがいい。

我が身に言い聞かせたとき、父の諭す声がした。

「おめぇは惚れた相手に傷つけられて苦しんだ。一緒に生きていくつもりなら、やつに怒りをぶつけてやれ。惚れた女を傷つけるなんて男じゃねぇ、土下座をして謝れと言ってやりゃあいいんだ」

節くれだった父の手がお糸の左手を包み込む。その温かさで自分の指先が冷たくなっていたことを知る。久しぶりに触れた父の手は前にも増してかさついていた。

しかし、その手の温かさは昔と少しも変わらない。指先から伝わるぬくもりに張り詰めていた心が緩んだ。

「……言えないわ、そんなこと」

ぽろりと本音を漏らしたら、父は娘の手をそっと揺らす。幼い頃はお糸がべそをかくたびに、こうやってなだめてくれた。

「だから、代わりに俺が怒ってんだよ。大事な娘を虚仮《こけ》にされて、へらへら笑って許せるもんか」

「おとっつぁん」

「赤の他人が一緒に暮らしていくためには、思ったことを呑み込むことも必要だ。だが、どれほど言いづらくても呑み込んじゃいけねぇこともある。惚れた弱みで怖気《おじけ》づいてちゃ、この先やっていけねぇぞ」

父の言いたいことはわかるし、もっともだと思う。にもかかわらず、お糸はうなずく勇気が出ない。

これは恋だと気付いてから、余一ひとりを見つめてきた。惚れた相手が「おれでいいのか」と言ってくれて本当にうれしかったのだ。

己の出自を気に病むあまり、余一はお糸を遠ざけた。下手に「傷ついた」と責めてれば、またぞろ「一緒にならないほうがいい」と言い出すかもしれない。

震える声で思いを告げても、父の考えは変わらなかった。

「そのときは縁がなかったってこったろう。おめぇも俺の娘なら、びくびくしてねぇで腹をくくれ」

「おとっつぁんっ」

「明日にでも余一のところに行って、どれだけつらい思いをしたか、おめぇの口から言ってやれ。それができたら余一の話を聞いてやらぁ」

言いたいことを言ってしまうと、父は部屋から出ていった。

せっかく「余一の話を聞いてやる」と言ってくれたのに……あの人に恨み言をぶつけるなんてあたしにはとてもできないわ。

いったいどうすればいいのかと、お糸はひとり途方に暮れる。

「終わったことを蒸し返したって仕方がないじゃない。おとっつぁんってば、意外としつこいんだから」

面と向かって言えないことを呟いて、余一の言葉を思い出す。

――他のやつからも「お糸ちゃんを見くびるな」って言われていたもんだから。

あれは余一に「おれでいいのか」と念を押されたときだった。弱気な相手に苛立ってお糸は啖呵を切ったのだ。

――後悔なんてする訳ないわ。あたしは余一さんと一緒になれなかったら、一生ひとりでいるって決めていたのよ。見くびらないでちょうだい。

だるまやの看板娘は器量がよくて気が強い。いろんな人からそう言われたし、自分でもそうだと思っていた。

余一が自分を選んだのは、悲惨な出自を恐れない気の強さを見込んだからだ。今さら泣き言なんか言えば、きっとがっかりされてしまう。

こんなとき、母が生きていればとつくづく思う。お糸は行李《こうり》の中にしまってあった形見のきものを引っ張り出した。

「おっかさん、あたしはどうしたらいいのかしら」

返事がないのはわかっていても、声に出さずにいられなかった。

四年前に余一が始末した撫子色の地に宝尽くしの柄の小袖《こそで》は色鮮やかなままである。

それは一緒になるときに、父が母に贈ったものだ。

——あたしが撫子の花が好きだから、おとっつぁんはこの色を選んでくれたの。

遠い昔、母がうれしそうに語った姿を思い出す。宝尽くしの柄の意味もひとつずつ教えてくれた。

欲しいものが手に入る打ち出の小槌《こづち》に、身を隠す隠れ蓑や隠れ笠、宝鑰《ほうやく》は蔵を開ける鍵《かぎ》のことで、宝巻《ほうかん》はお経が書かれたものだ。他には丁子《ちょうじ》に分銅《ふんどう》、金嚢《きんのう》に宝珠《ほうじゅ》が数限りなく描かれている。

父はこの世の宝をあげられない分、せめてきものの柄だけでも宝を贈ろうとしたのだろう。母は「欲張りな柄よね」と笑っていた。

撫子色は少し紫がかった桃色で、娘盛りによく似合う。藍染《あいぞ》めの紺や浅葱《あさぎ》のように年を問わない色ではない。もしも娘が生まれなければ、母は自分の年に合わせて染め直していたかもしれない。

実のところ、お糸はこのきものを着た母の姿を覚えていない。まっさきに目に浮かぶのは着古した木綿のきものを着て、前掛け姿で働く姿だ。今の自分は記憶の中の母の姿にずいぶん似てきたと思う。

母に惚れ込んでいた父は母の好きな花を知っていた。しあわせにしたいという思いを込めて宝尽くしのきものを贈った。

余一さんはあたしの好きな花を知っているかしら。

あたしのことを考えて、何か贈ってくれるかしら。

頭をかすめた思いつきを「あるはずないわ」と否定する。それらしいことを聞かれたことは一度だってないのだから。

今までお糸は事あるごとに余一の好みを聞き出そうとした。そのたびに「特に好き嫌いはねぇ」とか「何でもいい」と答えるだけで、「お糸ちゃんは何が好きだ」と聞き返されたことはない。

もしあたしが撫子の花が好きだと言ったら……余一さんはどう思うかしら。

人知れず咲く可憐な野の花は似合わないと思われるか。それとも「お糸ちゃんらしい」と言ってくれるか。

できたら撫子の咲いている間に、このきものを着て祝言を挙げたかった。お糸は母の形見のきものに何度も指を滑らせた。

## 三

昨日言ったことなんて、一晩寝れば忘れてしまうかもしれない。そんなはかない期待はものの見事に裏切られた。

「お糸、店はもういいから余一のところに行ってきな。腹の中にあるもんをちゃんとぶちまけてくるんだぞ」

八月二十三日の昼八ツ過ぎ、父に背中を押される形でお糸はだるまやを後にした。

そんなことをして嫌われたら取り返しがつかないもの。余一さんには余計なことを言わないで、おとっつぁんをごまかすことはできないかしら。

無理だとわかっているけれど、考えずにはいられない。秋晴れの空の下、白壁町《しらかべ》に向かうお糸の足は重かった。

「お糸ちゃん、どこへ行くんだい」

呼び止められて振り向くと、店の常連客である唐辛子売りの忠治《ちゅうじ》が立っている。手には売り物の入った大きな唐辛子の張りぼてではなく、撫子の鉢植えをぶらさげていた。

「浮かねぇ顔をしてるじゃねぇか。変な男につきまとわれたか」

「そんなんじゃないわ。忠治さんこそ今日はお休みなの？　かわいい鉢を持ってどこへ行くつもりかしら」

詮索《せんさく》されるのが面倒で、お糸は相手に問い返す。忠治は照れ臭そうに「えへへ」と顔をこすった。

「ちょっと野暮用でさ」

よく見ると忠治の髷《まげ》は結いたてで、きものもやけに小ざっぱりしている。何より締まりのない顔つきに鈍いお糸もぴんときた。

「さては、いい人ができたんでしょう。だるまやに顔を出さなくなったと思ったら、そういうことだったのね」

一膳飯屋に通い詰める男のほとんどが独り者だ。飯を作ってくれる相手がいれば、わざわざ外で食べたりしない。軽い口調で問い詰めると、忠治は売り物の唐辛子のように赤くなった。

「いや、まあ、その……うん」

かつて言い寄った相手に知られてばつが悪かったのか。目を泳がせる忠治にお糸はすかさず畳みかける。

「どんな人なの？　きっとかわいらしい人でしょうね」

撫子の鉢に目をやれば、忠治は開き直ったらしい。見ているこっちが恥ずかしくなるくらい脂下《やにさ》がった。

「へへ、お糸ちゃんと比べりゃ月とすっぽん、とんだおかめだけどな。どうにも危なっかしくって、俺が守ってやらなきゃって思うんだよ」

「あら、ごちそうさま」

口では見た目をけなしていても惚れているのは明らかだ。いい人が見つかってよかったと、お糸は胸を撫《な》で下ろした。

――お糸ちゃんが好きだ。俺と一緒になってくれ。

忠治にそう言われたのは、二年以上前のことだ。いつものように「ごめんなさい」と頭を下げれば、「やっぱり駄目か」と苦笑された。

その後も冗談めかして言い寄られるたびに肘鉄《ひじてつ》を食らわせてきたけれど、申し訳ないと思っていた。

「花にたとえりゃ、お糸ちゃんは大輪の牡丹《ぼたん》、いや真っ赤な寒椿《かんつばき》だな。うちのはせいぜい野の花さ」

そんなふうにほめられても、あいにくちっともうれしくない。しかし、言い返すのもどうかと思い、お糸は流すことにした。

「忠治さんも口がうまくなったわね」

「俺は本気で言ってんだぜ。お糸ちゃんは井筒屋のしごきだって真っ赤なやつをもらったじゃねぇか」

そういえば、井筒屋にしごきをもらいに行けとけしかけたひとりが忠治だった。お鉄《てつ》と伴吉《ともきち》は仲よくやっているだろうか。余一と仲を取り持った二人のことを思ったとき、相手は「実はさ」と顎をかく。

「うちのも引き札を集めて井筒屋のしごきをもらったんだ。けど、色はてんで薄くって、ちょうどこんな色なんだぜ」

持ち上げられた花の色はいわゆる撫子色ではなく、さらに赤の薄い桜色に近い。それでも、のろける忠治の顔はとてもしあわせそうだった。

「若気の至りでお糸ちゃんに言い寄ったりしたけどよ。しがねぇ唐辛子売りにゃ、雪の中で凛《りん》として咲く真っ赤な寒椿は高嶺《たかね》の花だ。やっぱりそこらに咲いている撫子くれぇが似合いだよな」

悪気がないのはわかっていても、忠治の言葉はお糸の胸を傷つけた。

木綿の藍染めを着て働いているあたしのどこが真っ赤な寒椿なの。あたしが好きなのは撫子で、高嶺の花なんかじゃないわ。

思わず睨むような目つきになったが、上機嫌な相手は気付かない。

「祝言を挙げたら、二人でだるまやに顔を出すよ。親父さんにはお糸ちゃんからよろしく言っといてくれ」

「え、ええ、どうぞしあわせにね」

相手が再び歩き出しても、お糸はその場を動けなかった。忠治の笑顔と言われた言葉が目と耳にこびりついて離れない。

豪華な花は人目を奪うが、人の好みは様々である。お糸もこれ見よがしな花よりも、目立たない可憐な花を好む。忠治だってそうだから、本人曰く「撫子の花のような娘」と一緒になることにしたのだろう。

――知ってるか。美人は三日で見飽きるけど、おかめは三日で見慣れるんだぜ。

――器量を鼻にかけていると、行かず後家になっちまうぞ。

酔った客の憎まれ口を思い出し、胸の底がむかついたとき。

「あの、具合でも悪いんですか」

若い花売り娘が心配そうにこっちを見ている。お糸はにわかに我に返って「平気です」と微笑《ほほえ》んだ。

「ちょっとぼんやりしていただけだから。心配してくれてありがとう。せっかくだから何か買わせてもらうわね」

「あ、あたしはそんなつもりじゃ」

花売りを初めて日が浅いのだろう。慌てて遠慮する様子が微笑ましい。忠治の惚れた娘もこんな感じの子だろうか。

お糸は「あたしが欲しいの」と言いながら、娘が抱えている籠《かご》を見る。小ぶりの白と黄色の菊と真っ赤な鶏頭《けいとう》、それに黄色の女郎花《おみなえし》が載っていた。

「撫子はないのね」

見ればわかることを口にすると、花売りは気を悪くした様子もなくうなずいた。

「撫子のような花は切り花に向きません」

「そうよね」

風に揺れる野の花は手折るとすぐに枯れてしまう。だから、忠治も切り花ではなく、鉢植えを買ったのだ。撫子の花のように控えめな娘のために。

「それじゃ、白と黄色の菊をちょうだい」

「はい、ありがとうございます」

そして金を払って菊を受け取り、花売りの腰のしごきに目を留めた。

「あら、一色かと思ったら二色のしごきを締めているのね」

「はい、今はこういうしごきが流行《はや》っているんです」

誇らしげな笑みに「よく似合うわ」と微笑み返す。その後、花売りと別れて歩き出したものの、お糸の足はますます重くなっていた。

男の人は控えめな娘が好きだもの。余一さんだって本当はあたしみたいなはねっかえりより、おとなしい娘が好きかもしれない。今頃は一緒になろうと言ったことを後悔しているかもしれないわ。

そんなときに泣き言なんて口にしたら、きっと愛想を尽かされる。たとえその場しのぎでも、今日は会わずに帰るべきじゃないかしら。

櫓長屋の木戸口でお糸がためらっていたところ、余一の住まいの腰高障子が音をたてて動く。中から姿を現したのは幼馴染みのおみつだった。

「いい？　約束を破ったら承知しないわよ」

「ああ、わかってる」

余一の姿は見えないものの、二人の声ははっきり聞こえた。

どうしておみつちゃんが余一さんの長屋から出てくるの。

約束を破ったら承知しないってどういうことよ。

今すぐ駆け寄って問い詰めたいのに、なぜか足が動かない。

震える右手で数珠珠の硬さを確かめたとき、こっちを向いたおみつと目が合う。お糸は何か言われる前に踵《きびす》を返して駆けだした。

大好きな余一と幼馴染みのおみつが自分を裏切るはずはない。信じているはずなのに、足が勝手に前に出る。

おみつは顔を合わせるまで、余一のことを嫌っていた。だが、いつの間にか悪口をやめたばかりか、大隅屋の御新造から預かった高価な反物を差し出して「余一さんが受け取ってくれないから、お糸ちゃんが仕立ててちょうだい」と言い出した。

――お糸ちゃんが仕立てたきものなら、余一さんだって喜ぶわよ。ね、あたしを助けると思って。

頼まれるままに引き受けて、余一に渡した金通《きんとお》し縞《じま》の袷《あわせ》は今頃どうなっているだろう。あの袷を手渡したとき、余一に冷たく拒絶された。天乃屋の礼治郎に頼まれて始末した振袖を持ってきたとき、余一はあの袷を身に着けていた。

きものに罪はないとわかっていても、何度「あんな袷を縫わなければ」と後悔しただろう。仕立てを頼んだおみつのことも一時は恨めしく思ったほどだ。

同い年の幼馴染みはお糸の一番の友達である。互いに母を早くに亡くし、他の人には言えないことでも包み隠さず打ち明けてきた。

継母にいじめられる幼馴染みが気の毒で、おみつの父に文句を言ったこともある。おみつと一緒に暮らしたいと父にせがんだこともある。余一への思いが恋だと気付き、一番に打ち明けたのもおみつだった。

おとっつぁんの次に信じていたのに……あたしに隠れて余一さんと会っているなんてあんまりよ。

だるまやを目指して走りながら、お糸の目から涙があふれる。目の前がぼやけてつまずきそうになったとき、後ろから腕を引っ張られた。

「あ、ありがとうございます」

礼を言いつつ振り向いて、自分を助けてくれたのが息を切らしたおみつとわかった。

「お糸ちゃん、どうして逃げるの」

射貫くようなまなざしにお糸の手から菊が落ちた。

# 四

おみつと連れだってだるまやに戻ると、父は怪訝《けげん》そうな顔をした。

「お糸は何で泣いてんだ。余一と何かあったのか」

娘に聞いても答えないとひと目で察したのだろう。父はおみつに話しかけ、おみつは明るく返事をした。

「お糸ちゃんはそそっかしいから、勘違いをして泣いてるんです。おじさん、二階で話をさせてください」

「そりゃ、構わねぇが」

時刻はまだ八ツ半（午後三時）にもなっていない。父の返事を聞くや否や、おみつはお糸の手を引いてさっさと二階へ上がっていく。お糸は一言も口を利かなかった。

「さて、ここなら落ち着いて話ができるわ。もう一度聞くけれど、お糸ちゃんはどうしてあたしと目が合うなり逃げ出したの？　余一さんに用があったから櫓長屋に来たんでしょう」

おみつはぴんと背筋を伸ばし、まばたきもせずにこっちを見る。訳を聞きたいのはこっちのほうだと、破れかぶれで口を開く。

「おみつちゃんこそ、どうして余一さんのところにいたのよ。この頃はだるまやにも近寄らなかったくせに」

「大隅屋の若旦那に頼まれたからよ」

相手の口から出た答えは思いがけないものだった。

おみつの大事なお嬢さんは大隅屋の若旦那、綾太郎の妻である。当然、おみつが綾太郎から用を言いつけられることもあるだろう。

とはいえ、余一は古着を始末する職人で、金持ちを嫌っている。呉服太物問屋の跡継ぎにいい顔なんてしないはずだ。

その上、お糸は綾太郎に言い寄られたことがある。知らず顔をしかめれば、おみつがこちらに膝《ひざ》を進める。

「大隅屋は若旦那も御新造さんも余一さんを頼りにしているの。前に大隅屋が古着の施しをしたことがあったでしょう。あれも余一さんが知恵を出してくれたのよ」

あの余一が大隅屋の若旦那に何度も手を貸していたなんて。驚くお糸におみつはうなずいて話を続ける。

「この間も余一さんが始末をした羽織のおかげで若旦那の株が上がったらしいの。うちのお嬢さんも喜んでいるわ」

どこか得意げな表情がお糸の気持ちを逆撫でする。そんなことになっているなら、もっと早く教えて欲しかった。

「それじゃ、おみつちゃんと余一さんの約束も大隅屋さんの仕事かしら」

刺々《とげとげ》しい口調で聞けば、おみつが「しまった」という顔をする。別れ際のやり取りがお糸の耳に入ったとは思っていなかったらしい。

「あれは……」

「前は余一さんのことを悪く言っていたのに、二人で約束をするなんてずいぶん親しくなったのね」

我ながらみっともないと思うのに、勝手に口が動いてしまう。気まずげに目をそらされてお糸の胸は波打った。

余一さんはあたしを裏切ったりしない。邪推をしたら二人に悪いわ。落ち着こうとした刹那《せつな》、まぶたの裏に冷たい余一の顔が浮かんだ。

――誰に反対されなくても、おれは所帯を持つ気はねぇ。特に、お糸ちゃんとは何があっても絶対に、だ。いい加減、聞き分けてくれ。

絶対にあたしとは所帯を持たないと言っておいて、たった三月で気持ちを変えた。ならば、また心変わりをしてもおかしくない――それは余一に「おれでいいのか」と言われたときから恐れていたことだった。

好きだから、余一を信じたい。

好きだから、余一を信じられない。

糸の切れた凧《たこ》のようにお糸の心はさまよい続ける。二人で黙り込んでいたら、おみつが意を決したように口を開いた。

「やきもちも過ぎると不仲の元よ。一緒になる約束をしたのなら、余一さんを信じてあげなくちゃ」

天乃屋との縁談を断ってから、おみつとは顔を合わせていない。「余一さんに聞いたの？」と尋ねれば、またもや意外な言葉が返ってきた。

「大隅屋の若旦那から聞いたのよ」

「えっ」

「それで幼馴染みなら、お糸ちゃんと余一さんが早く一緒になれるように力を貸してやれって。あれで案外いいところがあるの」

にわかに信じることができず、お糸はまばたきを繰り返す。

――自分のような器量よしなら、いつか余一もその気になる。そう思っているんだろう。でもね、あいつは人より古着が大事っていう偏屈な男だ。大年増になってから後悔したって知らないよ。

神田明神の境内で、綾太郎はお糸の思いを嘲笑《あざわら》った。まさかそんな……と思っていたら、おみつは「もっとも」と目を細める。

「あたしは若旦那に聞かなくたって、お糸ちゃんと余一さんが一緒になるって知っていたけど」

「どうして」

「余一さんはずっと前からお糸ちゃんしか見ていないもの」

「嘘よ」

うれしいはずの相手の言葉を素直に受け止めることができない。繰り返し首を横に振れば、おみつの目つきが険しくなった。

「何で嘘だと思うのよ」

「だって、あの人は……」

あたしとは絶対に一緒にならないって言った。

天乃屋の若旦那に頼まれて振袖《ふりそで》の始末をした。

あたしのことが好きだなんて一度も口にしてくれない。

恐れと疑いが次から次へとあぶくのように浮かんでくる。うつむいたお糸の手をおみつが両手で握り締めた。

「やきもち妬《や》きで疑り深いお糸ちゃんにいいことを教えてあげる。余一さんはね、お糸ちゃんが縫った縞の袷を夏の間も手の届くところに置いていたのよ。あたしがそれに触ろうとしたら、すごい剣幕で怒られたわ」

「どうしておみつちゃんがそんなことを」

あえぐような声を出せば、おみつが小さく舌を出す。

「余一さんが留守のとき、無断で中に入って見たの」

生真面目な幼馴染みらしからぬ振る舞いに、お糸の口が半開きになる。おみつは後ろめたさを振り切るように「とにかく」と声を大きくした。

「余一さんがお糸ちゃんを好きなのは間違いないから安心して」

これで隠し事はなくなったと言いたげに、おみつが晴れやかな笑みを浮かべる。お糸は信じられない気持ちで幼馴染みを見つめ返した。

あの金通し縞の袷にはいい思い出なんかひとつもない。しかし、余一はあの袷を身近に置いてくれたのか。

「ねえ、それっていつのこと？」

夏の間ということは七月よりも前だろう。お糸の気持ちを知りながら、なぜそんな大事なことを黙っていたのか。

不思議に思って尋ねれば、おみつの目が落ち着きをなくす。お糸は握られたままだった幼馴染みの手を握り返した。

「ひょっとして、おみつちゃんも余一さんが好きだったの？」

だとすれば、だるまやに寄り付かなくなった理由がわかる。恋敵の顔なんて進んで見たくないだろう。

どうやら図星だったようで、おみつの顔が泣きそうに歪《ゆが》む。だが、気を取り直したように「ええ」とうなずく。

「ただし誤解しないでね。余一さんは四番目に好きな人だから」

「それじゃ一番は」

「もちろんうちのお嬢さんよ。二番目がお糸ちゃん」

「三番目は誰なの」

「お糸ちゃんのおとっつぁんに決まってるでしょ」

すました顔で答えられ、お糸は思わず噴き出した。この世にいる男の中で一番好きだと言われたら、父はさぞかし喜ぶだろう。

「だから余一さんに約束させたの。お糸ちゃんを絶対にしあわせにするって」

「もしかして、さっきの約束って」

胸の中に巣くったどす黒いものは一掃されて、温かいもので満たされていく。感謝の思いが言葉ではなく涙となってあふれ出す。おみつは本気で余一のことが好きだったに違いない。

疑ってごめんなさい。

心配してくれてありがとう。

こらえ切れずにしがみつけば、幼馴染みに背を撫でられる。

「お糸ちゃんは子供の頃とちっとも変わっていないわね」

「何よ、おみつちゃんだって」

嗚咽《おえつ》まじりに言い返すと、おみつが声を上げて笑った。

## 五

その日の晩、お糸は店の客にからかわれっぱなしだった。誰が見てもわかるくらいにまぶたがはれていたからだ。

「お糸ちゃん、どうしたんだ。そんな泣きはらした目をして」

「さては男に振られたな」

お糸が笑っても、泣いていても、怒っても、店の客は囃《はや》し立てる。だが、今夜のお糸は怯《ひる》まなかった。おみつに縋って流した涙は胸の中の澱《おり》をきれいに洗い流してくれた。

「あたしが誰に振られようと関係ないでしょ」

「あいかわらずつれねぇな」

「あんまり選《え》り好《ごの》みをしていると、行き遅れになっちまうぜ」

「好きでもない人と一緒になるくらいなら、行き遅れになるほうがはるかにましよ」

強気で言い返したとたん、常連客のひとりが目を細める。

「やっと調子が戻ったな。親父さんのほうはまだ機嫌が悪いようだが」

「ああ、お糸ちゃんが言い返してくれないとからかい甲斐《がい》がなくっていけねぇ」

「まったくだ」

まるで申し合わせたように店中の客が笑い出す。天乃屋との縁談が流れてから、噛《か》みつかなくなったお糸のことをひそかに案じていたようだ。

あたしは余一さんのことしか目に入っていなかったけど、あたしを気遣っていたのはおとっつぁんとおみつちゃんだけじゃなかったのね。

お糸はそれに気が付いて、心の中で礼を言った。

夜四ツ（午後十時）近くになって暖簾《のれん》を下げようと表に出れば、暗がりに余一が立っていた。風呂敷《ふろしき》包みを腕に抱えてずっと待っていたらしい。

「余一さん、急にどうしたの」

「店はもう終わったか」

とまどいながらもうなずけば、余一が一歩前に出る。

「お糸ちゃんからはもう少し待ってくれと言われていたが……すまねぇ、待ち切れなくなった」

「それって」

どういう意味なのと尋ねる前に余一は店に入っていく。お糸は慌てて暖簾を下ろし、後を追った。

「親父さん、おれの話を聞いてもらえやすか」

余一がそう切り出すと、父はたちまち不機嫌になる。それから、余一の後ろに立つお糸を見た。

「ちゃんと文句は言ったのか」

その目は言葉とは裏腹に「どうせ言ってねぇんだろう」と告げている。お糸は下駄の先に目を落とした。

「余一、おめぇの話を聞く前にお糸の話を聞いてやれ。それでも俺に話があるなら聞いてやるよ」

まるで親の仇《かたき》を見るように父が睨む。余一はとまどった顔をしたものの、すぐに「わかりやした」と承知した。

「お糸ちゃんは俺に文句があるのか」

二階で向かい合って座った後、余一がためらいがちに聞く。黙っていたら誤解されると、お糸は慌てて手を振った。

「違うの。おとっつぁんは勘違いをしているだけで」

「だが、ひどく泣いたんだろう。まぶたがはれているじゃねぇか」

余一はたいてい仏頂面か、少し怒ったような顔をしている。たまに苦笑していたり、驚くこともあるけれど、笑顔はなかなか見せてくれない。しかし、今の表情はそのいずれとも違っていた。

「心配、してくれるの」

凛々しい眉が八の字になり、こっちを見る目は不安そうだ。思ったことを声に出せば、余一の耳が赤く染まる。

「当たり前だろう。惚れてんだから」

目を合わせるのが照れ臭いのか、下を向いて吐き捨てる。お糸は息をするのも忘れ、目の前にある余一の髷を見つめてしまった。

「今日、おみつが長屋に来て『早く何とかしろ』ってせっつきやがった。おれはお糸ちゃんのおとっつぁんをこれ以上怒らせたくなかったから、腰を据えて待つつもりだったんだが……」

下手な言い訳をしないことが自分にできる精一杯の償《つぐな》いだと、余一は思っていたらしい。

しかし、「あんたはそれでよくたって、お糸ちゃんはそんなに待てないわ」とおみつに叱《しか》られたそうだ。

「おれは身内の情を知らねぇし、人を寄せ付けずに生きてきた。よかれと思ってやったことが的外れだったりするだろう。おみつに『お糸ちゃんを絶対にしあわせにしろ』と言われたが、正直これっぽっちも自信はねぇ」

「………」

「だが、お糸ちゃんをしあわせにしてぇと思う気持ちだけは本物だ。おれに文句があるのなら、遠慮せずに言ってくれ」

余一はそう言ってから覚悟を決めたように顔を上げる。その顔はまだ少し眉が下がったままだった。

「あたしは……」

その気持ちだけで十分だとか、おみつちゃんはお節介だとか、おとっつぁんのことなんて気にしなくていいだとか――いろんな言葉が頭の中に浮かんだけれど、どれも口から出てこない。

代わりにぽろりと漏れたのは、自分でも意図しない一言だった。

「……よかった」

惚れていると言ってくれて、本当によかった。

余一さんの気持ちがわかって、本当によかった。

おみつちゃんと幼馴染みで、本当によかった。

そんな胸の内を知らない余一はますます困った顔になる。

「いったい何がよかったんだ。泣いてねぇで言ってくれ。でないと、おれはどうしていいかわからねぇ」

お糸は「泣いてなんかいない」と言おうとして、頬に流れるしずくに気付く。困ったことに泣き癖がついてしまったらしい。

これでは明日、さらにひどい顔になる。だったら、思い切って父に言われた通りにしてしまえ。お糸は手ぬぐいを目に当てた。

「……ずっと、怖かったの。余一さんは……しつこいあたしに根負けして……一緒になるって言ってくれたんじゃないかって。また一緒になれねぇって言われたら……どうしようって」

「そんなふうに思ってたのか」

「だって、前に言ったじゃない。あたしとは絶対に一緒にならないって。それがなしになったってことは、一緒になるって話だってなかったことになるかもしれないでしょ」

むきになって顔を上げれば、悲しげな余一と目が合った。「おれが信じられないのか」と怒られるかと思いきや、余一は「すまねぇ」と頭を下げる。

「おれはお糸ちゃんの気持ちを踏みにじっちまったな」

「余一さん」

「おれなんかと一緒になったところで、しあわせになれねぇと思っていた。おれに度胸がなかったせいだ」

そんなにやさしい言葉を聞くなんて夢にも思っていなかった。思いやってくれる言葉がこれほど胸を締め付けるとも。うれしいのに涙が止まらなくて、お糸は手ぬぐいで顔を覆う。

「ごめ、ごめんなさいっ」

「謝るのはおれのほうだろう」

「そ、そう、じゃなっ」

勢いを増した涙のせいで言葉がうまく出てこない。しゃくりあげるお糸の背を余一が何度もさすってくれた。

「こういうときは好きなだけ泣けって言えばいいのか。それとも、泣き止《や》んでくれって言っていいのか」

困り果てたと言いたげな余一の声が聞こえてくる。

お糸はますます涙が止まらなくなった。

## 六

「小さい子供じゃあるまいに、何て顔をしてやがる」

ようやく涙が枯れ果てて余一と店に下りたところ、待ち構えていた父に舌打ちされた。その通りだったので、お糸は気まずく目を伏せる。

「まあ、それだけ派手にこいつの前で泣けたんならいいとするか。それで、余一の話ってなぁ何だ」

聞くだけ聞いてやると言いたげに、床几《しょうぎ》に腰を下ろした父は足を投げ出してふんぞり返る。余一は持っていた風呂敷包みを別の床几の上に置くと、立ったまま深く頭を下げた。

「お糸ちゃんを嫁にくだせぇ。この通りお願いしやす」

「あたしからもお願いします。おとっつぁん、許してちょうだい」

「お糸が誰と一緒になろうと関係ねぇ。おめぇは確かにそう言ったよな」

父の返事はこちらの想像通りだった。余一は一瞬息を呑んだが、すぐに「へぇ」と顎《あご》を引く。

「どの面下げてと言われるのは百も承知でうかがいやした。どうか一緒になることを許してくだせぇ」

「嫌だね」

ふてくされた駄々っ子のように父はそっぽを向く。思わず「おとっつぁんっ」と声を上げれば、じろりと横目で睨まれた。

「こいつは俺の大事な娘を泣かせやがった。そう簡単に許してたまるか」

「そんなこと言わないでよ。余一さんはあたしを傷つけて悪かったって謝ってくれたんだから」

「頭を下げりゃ何だって許されるか。もしそうなら、この世に仇討《あだう》ちなんてあるもんか。どうしたって許せねぇ、許したくねぇこともあらぁ」

恋のいざこざと仇討ちを同じ土俵に載せるとは。お糸が絶句した隙《すき》に、父はますます調子づく。

「この野郎はおめぇのことなんざこれっぽっちもわかっちゃいねぇ。そんなやつと一緒になってしあわせになんかなれるもんか」

「おとっつぁんっ」

「俺は一緒になる前から、おくにの好きなものを知ってたぞ」

「あたしたちのこととおとっつぁんたちのことは別でしょう。余計なことを言わないでちょうだい」

声を大きくする父に負けじとお糸が文句を言う。そこへ割って入るように余一の低い声がした。

「確かに、おれはお糸ちゃんのことをよく知らねぇ。けど、知っていることだって少しはありやす」

「へえ、おめぇがお糸の何を知ってるってんだ」

「お糸ちゃんがおっかさんの形見の撫子色の小袖を何よりも大事にしていること。その小袖を着て、好きな人と一緒になりたいと思っていること。その小袖の色と同じ撫子の花が好きなことでさ」

淡々と告げられた言葉の中身にお糸は目を丸くする。

母の形見を大事にしているのは知られていて当然だ。だが、撫子の花が好きだなんて教えた覚えはない。父も意外だったようで、お糸のほうに顔を向ける。

「おめぇは撫子が好きだったのか」

「え、ええ、おっかさんの好きな花だから」

「そうか、おくには撫子が好きだったのか」

「ちょっと待って」

聞き流せない台詞《せりふ》にお糸は細い眉を寄せる。さっき父は「一緒になる前から母の好きなものを知ってた」と威張ったくせに。

「おとっつぁんはおっかさんの好きな花を知っていて、撫子色のきものを贈ったんじゃなかったの」

怒ったような娘の問いに父はなぜか目をそらす。代わりに余一が口を開いた。

「一緒になったら、撫でるように大事にする。親父さんはそう言いたくて撫子色の小袖を贈ったんだろう」

では、父は母の好きな花を知っていた訳ではなかったのか。お糸は拍子抜けしたが、我に返って余一に尋ねる。

「それじゃ、余一さんはなぜあたしの好きな花を知っていたの」

「裁縫《おはり》を教えているとき、おれに話してくれたじゃねぇか。宝尽くしの柄の意味や、このきものを着て好きな人と一緒になりてぇってことと一緒に」

余一に裁縫を習っていたのは、二人が出会って間もない四年も前のことである。そのときのささいなやり取りを覚えているとは思わなかった。

十五のお糸は好きな相手の気を惹きたくて、あれこれ話しかけては冷たい目で見られていた。「真面目にやる気がねぇのか」と怒られて、慌てて針を動かしては指を刺したりしたものだ。

思いがけない成り行きに、お糸は胸ばかりか頬まで熱くなってきた。

「おっかさんが亡くなったのは、お糸ちゃんが十歳《とお》のときだろう。宝尽くしの柄は難しいものが多いのによく覚えたもんだと感心した。この子は親に大事にされている、親のことが大好きなんだと思ったよ」

「余一さん」

「だから、おれなんかとは住むところが違うと思った。近づくべきじゃねぇと思っていたのに……この体たらくだ」

自嘲《じちょう》する姿が痛々しくて、お糸は余一の袖を摑《つか》む。それを見た父が不愉快そうに片眉を上げた。

「そう思っていたのなら、どうして考えを変えやがった。今から諦《あきら》めてくれたって遅くはねぇぞ」

「おとっつぁん」

責めるような声を上げても父の態度は変わらない。

射殺さんばかりのまなざしをまっすぐ余一に向けている。余一も目をそらさずにそのまなざしを受け止めた。

「天乃屋の若旦那に始末を頼まれた振袖は紫《し》苑色《おんいろ》でした。一度は紅花で染め直して、少しでも撫子色に近づけようと思いやした。お糸ちゃんのためには若旦那と一緒になったほうがいいとわかっていて……それでも染め直すことができなくて、元の紫苑色のままお糸ちゃんに」

「余一さん、もういいわ。あたしはおとっつぁんに反対されたって、余一さんについていきます」

聞いているのがつらくなり、お糸は余一の言葉を遮る。

お糸を思うがゆえに振袖の始末が半端になった——それを口にすることは、余一の職人としての矜持《きょうじ》を自ら傷つけることになる。

お願いだから、これ以上この人を責めないで。娘の願いが伝わったのか、ふいに父が話を変える。

「おい、さっきから気になっていたんだが、おめぇが持ってきた風呂敷包みには何が入っていやがるんだ」

「これは……お糸ちゃんが嫁に行くときに渡そうと思っていたもんでさ」

余一は一瞬ためらってから、お糸に風呂敷包みを渡す。床几に腰を下ろして膝の上で開いてみると、それは豪華な刺繍を施された黒繻子《くろじゅす》の帯だった。

「この柄は糸巻きよね」

指で模様を確かめながら、お糸は震える声で聞く。余一は父をちらりと見て、うなずいた。

「ああ、お糸ちゃんがおっかさんの形見を着るときに締めてもらいたくて……おれが無地の黒繻子の帯に刺繍《ししゅう》した」

赤と白の糸巻きが光沢のある黒繻子の上に踊っている。お糸がじっと見つめていると、父はおもむろに顎をしゃくった。

「ものは試しだ。お糸、撫子色のきものを着てこの帯を締めてみな」

「おとっつぁん、いいの？」

とっさに聞き返したら、父が眉間にしわを寄せる。

「俺は二人の仲を許すとは言ってねぇ。合わせてみろと言っただけだ」

これ以上何か言えば、さらにへそを曲げるだろう。お糸は慌てて二階に上がり、撫子色のきものの上に糸巻きの柄の帯を締めた。

「ねえ、どうかしら」

恐る恐る降りていくと、父が驚いたように目を瞠《みは》る。一方、余一はめったに見ない笑みを浮かべた。

「ああ、よく似合う。きものの柄が小さめだから帯の柄は大きめにしたんだが、うまく釣り合いが取れたみてぇだ」

余一のお墨付きをもらい、お糸は父の前でくるりと回る。だが、父は無言で娘を見つめているだけだ。

「おとっつぁん、どうしたの？　具合でも悪くなった？」

心配になって尋ねれば、父がゆっくり首を振る。

「いや、そんなこたぁねぇ」

「だったら、どうしてそんなにつらそうな顔をするの」

父は歯を食いしばり、何かをこらえているようだ。お糸がじっと見つめていたら、絞り出すような声がした。

「二十年前に戻ったかと、目を疑っちまっただけだ」

まばたきをしない父の目から大粒の涙がこぼれ落ちる。父が涙を見せたのは母が死んだとき以来である。めったにない姿を見てお糸までまた泣きそうになる。

「こんな姿を見せられちゃ、もう四の五の言えねぇな。あの世で見ているおくにに怒られちまう」

「おとっつぁん、それじゃ」

期待に満ちた目を向ければ、父が苦笑してうなずいた。

「女として一人前になったんだ。惚れた男とくっついて、どこへなりとも行っちまえ」

最後まで意地を張る父親にお糸は抱きつく。そこへ余一が口を挟んだ。

「お糸ちゃんをどこかへ連れていく気はありやせん」

「えっ、どうして」

「親父さんひとりで店を切り盛りするのは大変だろう。お糸ちゃんは今まで通りだるまやで働いてくれればいい」

つまり、余一と所帯を持ってからもだるまやの手伝いをしろということか。お糸の念押しに余一がうなずく。

「白壁町から岩本町はたいして離れちゃいねぇ。おれは長屋で仕事をするし、昼間はひとりのほうがいい」

きものの始末は何かと気を張ることが多そうだ。「ひとりのほうがいい」と言われるのはさびしかったけれど、最初は仕方がないかもしれない。うなずくお糸とは裏腹に、父はまたもや不機嫌になる。

「おめぇはお糸が邪魔だってのか」

「そうじゃないわよ。おとっつぁんだってあたしが今すぐいなくなったら困るでしょう」

互いの仕事を考えれば、余一の意見はもっともである。鼻息を荒くする父をお糸は急いでなだめにかかる。

「おとっつぁん、よかったわね。あたしが天乃屋に嫁入りしていたら、だるまやの手伝いはできなくなっていたわよ」

「てやんでぇ。そっちこそ気を付けな。二度あることは三度あるっていうじゃねぇか。

この男はまたぞろ心変わりをするかもしれねぇぞ」

恩着せがましいことを言えば、父に憎まれ口を叩かれる。お糸が怒って手を振り上げると、余一は神妙な顔つきで口を開いた。

「今はまだ信じてもらえねぇかもしれねぇが、おれはお糸ちゃんが望まねぇ限り別れる気はありやせん」

そう言って頭を下げた相手に、父は「信じてやるよ」と顎を突き出す。

「二月《ふたつき》足らずでこれほど凝った刺繍ができるとは思えねぇ。なあ、余一。この帯をいつから用意していやがった。ずっと前からでき上がっていたんだろう」

「まさか」

お糸は異を唱えかけたが、父の言い分ももっともだ。

金にならないいきものの始末を進んで引き受けているせいで、余一はいつも忙しい。かかりきりにならない限り、二月足らずでこれだけの刺繍を仕上げることはできないだろう。

とっさに余一の顔を見れば、ばつが悪そうに目を泳がせる。

「……去年の暮れにはできてやした」

「だったら、おれが許したときにさっさと一緒になればよかったじゃねぇか。まったく話をややこしくしやがって」

ため息をつく父の横でその通りだとお糸も思う。さっき余一が口にした「おれはお糸ちゃんが望まねぇ限り別れる気はありやせん」という台詞も引っかかった。

それって裏を返せば、あたしが別れを切り出したら承知するってことじゃないの。男なら「死んでも別れねぇ」くらい言ってちょうだい。

この調子ではまたいつ不安に駆られて、「おれはお糸ちゃんにふさわしくねぇ」と言い出すかわかったものではない。困ったものだと思っていたら、父が横目でこっちを見る。

「余一は案外やきもち妬きだぞ。まあ、せいぜい気を付けな」

「馬鹿言わないで。余一さんに限ってやきもちなんか妬くもんですか」

こっちの思いと余一の思いを秤にかければ、こっちのほうがはるかに重い。お糸が笑って聞き流すと、父は「わかってねぇな」と鼻を鳴らした。

「その帯を見ればわかるだろう。余一はお糸をぐるぐる巻きにしたいのさ」

言われた意味がわかったとたん、お糸は両手を口に当てる。余一は真っ赤になって
「そうじゃねぇ」と言い返した。

「おれは小袖の宝をお糸ちゃんのところに縛っておけたらと思っただけだ。お糸ちゃ

んを縛り付けたい訳じゃない」

「それじゃ、そういう気持ちが少しもなかったと言えるのかよ」

間髪を容《い》れずに問い返されて、余一が束《つか》の間《ま》返事に詰まる。父は「それ見たことか」と満足そうだ。

「でもまぁ、それだけ執着してりゃ大丈夫だろう。お糸、よかったな」

久しぶりの父の笑顔をお糸はちゃんと見ることができなかった。真っ赤に染まっているはずの自分の顔を隠していたから。


祝言は大安の九月一日に挙げることになった。

父がだるまやで「一日はお糸の祝言だから、店を休む」と言ったところ、客たちはまたもや大騒ぎした。だが、お糸が「嫁いでからも店の手伝いは続ける」と言うと、「仕方がねぇ」と納得した。

そして八月晦日《みそか》の晩、店を閉めて二階に上がった父は衣紋竹《えもんだけ》につるした撫子色のきものを飽きることなく眺めていた。

「おみつちゃんは明日、来られなくて残念だな」

「奉公をしているんだもの。仕方ないわよ」

おとっつぁんが許してくれたから、九月一日に祝言を挙げる――そうおみつに伝えたところ、「おめでとう」と言ってくれた。「その日はお嬢さんのお供で遠出するから、残念だけど祝言には出られないわ」とも。

自分がおみつの立場でも余一の祝言なんて出たくない。おみつにその場で断られ、お糸はかえってほっとした。

お糸は明日、母の形見のきものに余一が始末した帯を締める。余一はお糸が仕立てた金通し縞を着るという。その姿をおみつに見せるのは少なからず気が咎《とが》めた。

障子を開けて月のない空を見上げると、星が明るくまたたいていた。

「これなら明日は晴れるだろう」

「ええ」

うれしそうな父にお糸もうなずく。

子供の頃に夢見た通り、おっかさんのきものを着て好きな人と祝言を挙げる。そのしあわせを嚙み締めつつ、お糸は余一との新しい暮らしに思いをはせた。

これからも互いにとまどい、傷つくことがあるだろう。それでも、この命が絶えるまで余一の一番そばにいたい。

あたしの一生をかけて、不幸癖が沁《し》みついた人にしあわせを教えてあげなくちゃ。

お糸はかねてからの意気込みを新たにした。

――一緒になったら、撫でるように大事にする。親父さんはそう言いたくて撫子色の小袖を贈ったんだろう。

男から見た撫子は可憐で儚《はかな》い野の花だ。

けれど、手折れば弱いその花はいたるところに根を張って、季節になれば花を咲かせる。撫子は見た目よりはるかにたくましい花なのだ。

明日はきっと秋晴れの撫子日和《びより》になるだろう。

# 三つの宝珠

# 一

お嬢さんの様子がおかしい。

おみつが最初にそう感じたのは、八月四日の朝だった。

いつもは何かと声をかけてくれるのに、今朝は妙に静かである。初めは気のせいかと思ったけれど、昼を過ぎてもどこか態度がぎこちない。

昨日はいつも通りだったから、寝間で何かあったのかしら。おみつは何となくそう思い、落ち着かない気分になった。

それから数日経《た》っても、お玉の態度はおかしいままだった。ふとしたはずみに目が合うと、気まずそうに目を伏せる。こちらから「何かご用はありますか」と尋ねても、「大丈夫よ」とかわされる。

十五で奉公を始めてから、こんなことは初めてだ。お玉に避けられる日が来るなんて夢にも思っていなかった。

あたしはお嬢さんに嫌われたのかしら。ううん、そんなことはない。きっと若旦那《わかだんな》が根も葉もないことを吹き込んだのよ。

八月十六日の昼下がり、とうとうおみつはお玉を問い詰めることにした。

「お嬢さん、あたしに隠していることがありますよね」

「お、おみつってば、いきなり何を言い出すの」

目に見えてうろたえているくせに、しらばっくれるところが憎たらしい。おみつは眉間《みけん》にしわを寄せ、嫁入り前よりきれいになった主人の顔をじっと見つめる。

今日のお玉は吹《ふ》き寄《よ》せ柄の紅藤《べにふじ》（赤みがかった藤色）の単衣《ひとえ》に菊青海波《きくせいがいは》の帯を締めている。嫁入り前は祖母のお古を好んで着て、女中に文句を言われていたとは思えないほどの洒落者《しゃれもの》ぶりだ。

大伝馬町《おおでんまちょう》の紙問屋桐屋の娘であるお玉と、日本橋通町《とおりちょう》の呉服太物問屋の跡継ぎである綾太郎は親の言いつけで一緒になった。傍目《はため》には睦《むつ》まじくしていても、惚《ほ》れ合って結ばれた夫婦ではない。お玉の実家が人別を偽っていると知られたら、夫とその両親は掌《てのひら》を返しかねなかった。

青物屋を営むおみつの父も店のために後添いを迎え、血のつながった娘がいじめられても見て見ぬふりで通していた。男は商いのためならば、平気で女を利用する。夫婦として暮らしていても心を許すべきではない。

ましてお玉を望む男は江戸一番の両替商、後藤屋に近づきたいという下心がある。後藤屋の主人に娘がいれば、そちらを嫁に望んだはずだ。井筒屋だって嫁いだお玉をしつこく狙《ねら》いはしなかったろう。

あたしは血筋が目当ての男たちと違う。駆け落ち者の孫であろうと、桐屋が人別を偽っていようと、お嬢さんが大切だもの。

お玉に拾ってもらえなければ、無理やり奉公に出された挙句、年寄りにもてあそばれていた。この先何があろうとも仕える覚悟はできている。それなのに隠し事をするなんて、水臭いにもほどがある。

奉公人という立場も忘れ、おみつはお玉に詰め寄った。

「そうやってとぼけるところを見ると、お嬢さんはあたしに話す気はないんですね。若旦那と二人で何をこそこそなさっておいでです」

「あ、あたしたちは別にこそこそなんかしていないわ。おみつの思いすごしじゃないかしら」

「だったら昨夜、どうして若旦那はひとりで桐屋に行かれたんです。しかも、裏から駕籠《かご》に乗って。お戻りもずいぶん遅かったそうですね」

　妻の実家を婿がひとりで訪ねるなんて、どう考えても不自然である。おまけに夫の帰りが遅かったのに、お玉は朝から機嫌がよかった。綾太郎がどこで何をしたか、知っているに違いない。

「あたしは桐屋の旦那様からお嬢さんのことを頼まれているんです。お願いですから、あたしにだけは秘密を持たないでくださいまし」

　じっと見据えるまなざしにおみつの覚悟を察したらしい。お玉は「困ったわね」と頬を押さえた。

「おみつにも言うなと言われたのに」

「つまり、若旦那とお嬢さんの二人だけの秘密ということですか」

　あたしより夫を取るのかと責めるような声が出る。

　今まではどんなことでも進んで話してくれたのに。おみつは込み上げる怒りを抑え、わざとらしく微笑《ほほえ》んだ。

「無粋なことを聞いて申し訳ありません。お二人は夫婦ですから、他人に言えないようないかがわしい秘密もありますよね」

「ちょ、ちょっと、いったい何を言い出すのっ」

「ええ、わかっています。嫁入り前のあたしじゃお役に立てないことくらい」

「おみつ、人聞きの悪いことを言わないで」

祖母に厳しくしつけられ、外出嫌いだったお玉は筋金入りの箱入り娘だ。男女のことを匂《にお》わせれば、真っ赤になって畳を叩《たた》く。

思った通りの反応におみつは小さく首を傾《かし》げる。

「あら、違いましたか」

「違うに決まっているでしょう」

「でしたら、どうしてあたしに話せないんです」

「………」

「そこまでおっしゃりたくないのなら、無理にとは申しません。奉公人の分際をわきまえずに余計なことを申しました」

押して駄目なら引いてみろ。予想外に粘られておみつは諦《あきら》めたふりをする。うつむいて腰を浮かせたとき、とうとうお玉が音を上げた。

「他の人には内緒にしてちょうだいよ」

ため息まじりに念を押し、お玉は綾太郎に口止めされていたことを話し出した。

しかも、さんざん渋っていた割に語る様子は楽しげである。心の底ではおみつに言いたくて仕方がなかったようだ。

「それじゃ昨夜、若旦那は後藤屋の大旦那様とお会いになられたんですか」

「そうなの。淡路堂の息子さんを後藤屋のおじい様と引き合わせたいとおっしゃるから、あたしがおじい様に頼んだの」

「どうして大旦那様なんです。顔つなぎをするのなら当代の旦那様のほうがよろしいのではありませんか」

後藤屋の実権は先代が握っていると前に聞いたことがある。しかし、お玉の祝言で見かけた隠居はいかにも好々爺《こうこうや》に見えた。今は隠居所にいるのなら、取り入ったところで無駄ではないか。

こちらの思いを察したように、お玉は得意げに微笑んだ。

「おじい様に見込まれた商人は必ず出世をするんですって。淡路堂さんもそれを知っていて、引き合わせて欲しいとおっしゃったのよ」

では、人を見る目は先代のほうがすぐれているということか。淡路堂の息子は放蕩《ほうとう》が過ぎて婿養子に出されたという。そんなでき損ないが押しかけたところで気に入られるとは思えない。

はす向かいの菓子屋の主人は何を考えているのだろう。眉《まゆ》をひそめる女中に構わず、お玉は上機嫌で話を続けた。

「昨夜は中秋の名月だったでしょう。旦那様と平吉さんはおじい様と月見をするために下谷竜泉寺町の隠居所へ行ったの」

「そうだったんですか」

「旦那様が余一さんに始末してもらった黒羽織を着ていったら、おじい様がほめてくだすったんですって。あたしも見せてもらったけれど、すすきの刺繍《ししゅう》が表も裏も変わらないの。本当にたいした腕前だわ」

呉服太物《ふともの》問屋の跡継ぎならば、月見らしい恰好《かっこう》をして来るように——お玉は祖父の言いつけに応《こた》えるべく、嫌がる綾太郎をせっついて余一に相談させたらしい。そして二人で話し合い、黒羽織にすすきの刺繍を入れることになったとか。

「あのおじい様にほめられるなんて、さすがはあたしの旦那様だわ。これで大隅屋の将来は安泰よ」

後藤屋の先代がほめたのは余一の始末した黒羽織で、綾太郎ではないだろう。おみつはそう思ったが、主人の喜びに水を差すことはない。作り笑いでうなずいた。

月見であれば、当然帰りは遅くなる。まして日本橋と下谷は離れているからなおさらだ。だいたいのところはわかったものの、やっぱり腑《ふ》に落ちないことがある。

おみつは笑みを浮かべたまま、お玉に尋ねた。

「それはよろしゅうございました。ですが、後藤屋の先代と会ったことをどうしてお隠しになるんですか」

「大隅屋のおとっつぁんに知られたら、大騒ぎをなさるからですって。旦那様は後藤屋の力を借りるつもりはないし、淡路堂さんに頼まれて幼馴染《おさななじ》みをおじい様に引き合わせただけだから、あえて内緒にしているのよ」

「はあ」

「旦那様は前におっしゃったの。後藤屋の力も余一さんの力も当てにしない。自分の力で大隅屋を大きくしてみせるって」

たとえ口先だけでも「後藤屋の力を当てにしない」と言われて、お玉はうれしかったのだろう。夫を語る瞳《ひとみ》は常にない熱を帯びていた。この様子では異を唱えても、聞く耳なんて持ちそうにない。

大店《おおだな》の娘は「店ではなくあたしを見て」と誰しも願っているものだ。綾太郎は女心に疎いとばかり思っていたが、案外そうでもなかったらしい。

お嬢さんに大旦那と引き合わせてもらいながら、「後藤屋の力を当てにしない」なんてよく言えたもんだわ。本当に当てにしていなければ、下谷の隠居所までわざわざ出かけるもんですか。

そんな言葉を真に受けるお嬢さんもお嬢さんよ。余一さんの力だって何度も借りているじゃないの。

幼馴染みの親に頼まれたというのも恐らく口から出まかせだ。若旦那は己をよりよく見せるために、できの悪い知り合いを連れていったに違いない。そして、余一の始末した羽織を着て先方の気を惹《ひ》いたのだ。

おみつはひとり合点をして、鼻からふんと息を吐く。だが、この考えが当たっていても最初に抱いた疑問は残る。

後藤屋の先代に気に入られたと吹聴すれば、大隅屋の主人はもちろん、奉公人からも見直される。それが狙いでお玉に頼んだはずなのに、綾太郎はなぜ口をつぐんでいるのだろう。

若旦那はお嬢さんにも隠していることがあるようね。世間知らずはその場しのぎの言葉にごまかされても、あたしはそうはいかないわ。若旦那の腹の内を必ず探り出してやる。

汚い手を使う井筒屋よりはるかにましとはいえ、嘘《うそ》をつく相手は信用できない。そんなおみつの気持ちも知らず、お玉は再度念を押す。

「おみつ、このことは他の人にしゃべっては駄目よ。でないと、あたしが旦那様に怒られてしまうわ」

「どうか安心してください。このあたしがお嬢さんとの約束を破るはずないじゃありませんか」

ただしお嬢さんを守るためなら、その限りではありませんけど――肝心な言葉は口にせず、おみつは胸を叩いて請け合う。

そして月見のことは隠したまま、店の者に綾太郎のことを聞いて回った。

二

「表向きはこれといって問題なし。まあ、問題があっても困るんだけど」

八月二十三日の朝五ツ半（午前九時）、井戸端で若夫婦の足袋《たび》を洗いながら、おみつはぼんやり呟《つぶや》いた。

根っからきものが好きな綾太郎は日々商いに励んでいる。習い事や芸事にうつつを抜かすこともなく、たまに吉原に出かけるのもあくまで商いのためだとか。

これで商い上手なら非の打ちどころのない跡継ぎである。だが、正直にものを言いすぎて客を怒らせることがままあるとか。手代や番頭からは「今ひとつ頼りない」と思われているようだ。

――でも、若御新造《ごしんぞ》さんをもらってから、目に見えてしっかりされたんだ。男は所帯を持って一人前というのは本当だね。

そう教えてくれたのは、若旦那に気に入られている俊三という手代である。おみつが続けて「若旦那の身の回りで変わったことはありませんか」と尋ねれば、一瞬怪訝《けげん》な顔をしてから察したように目を細めた。

――もし若御新造さんが浮気の心配をなさっているのなら、取り越し苦労というものさ。若旦那は隠れて浮気ができるほど器用なお人じゃない。何しろ客にもうまいお世辞が言えないくらいだ。

そういうつもりで聞いた訳ではなかったが、ここは相手の勘違いを正さないほうがいいだろう。おみつはさも安心したような笑みを浮かべて、「若旦那には内緒にしてください」と口止めした。

月見の晩から今日で八日、綾太郎が後藤屋の大旦那と月見をしたことを奉公人は誰ひとり知らなかった。ここまで完璧《かんぺき》に隠されると、「正直者の若旦那」という評判のほうが疑わしくなってくる。

商人なら使えるものは何だって使うはずじゃないの。自分の株を上げる機会を無駄にするなんておかしいわ。

一度疑い始めるとすべてが信じられなくなる。綾太郎の足袋を両手で思い切り絞り上げ――おみつは唐突に閃《ひらめ》いた。

余一の始末した羽織と違い、綾太郎本人は先方に嫌われたのではないか。歯に衣着せぬもの言いで客を怒らせる若旦那なら十分あり得ることだろう。だから、お玉に口止めをして隠しているに違いない。それならすべて筋が通ると納得しかけたときだった。

「おみつ、ちょっと来ておくれ」

綾太郎の声がして、おみつは足袋から手を離す。息を詰めて見上げた顔は明らかに機嫌が悪かった。

若旦那の足袋を乱暴に扱ったところを見られたかしら。それとも、お嬢さんから月見のことを聞き出したのがばれたのか。おみつは「はい」と返事をして、びくびくしながら綾太郎の後についていった。

「他の奉公人にあたしのことを聞いて回っているようだけど、いったいどういうつもりだい。まさかお玉に命じられたんじゃないだろうね」

お玉は姑《しゅうとめ》のお園《その》と共に知り合いのところへ出かけている。母屋の座敷で問い詰められて、おみつは背中に冷や汗をかく。

ここはひとまずお玉に倣《なら》ってしらばっくれるべきだろうか。それとも、詳しいことは伏せたまま「すみません」と謝るべきか。どうするか決めかねていたところ、綾太郎が先に口を開く。

「さては、お玉から月見のことを聞いたんだろう。二人だけの秘密だと言ったのに、おまえにしゃべってしまうなんて。女は口が軽くていけないよ」

「お、お嬢さんは悪くありません」

とっさにお玉をかばってしまい、語るに落ちたことを知る。冷ややかなまなざしを受け止めきれず、おみつは手をついて謝った。

「申し訳ありません。あたしが無理やり聞き出したんです。でも、月見のことは誰にも言っていませんから」

「おみつがお玉を大事にしていることは知っている。でも、おまえのしたことは裏目に出たよ」

「どういうことでしょう」

「あたしは俊三から『若御新造さんは若旦那の浮気を疑っています』と言われたんだ。

今後は出すぎた真似《まね》を控えておくれ」

ぼやくような口ぶりに、おみつは手代の意味ありげな笑みを思い出す。噂《うわさ》というのは口から口へ伝わる間に話が変わることが多い。「若御新造が若旦那の浮気を疑っている」が「若旦那が浮気をしている」に端折《はしょ》られたらどうしよう。おみつは内心青くなった。

「おまえはお玉の嫁入りについてきた女中だ。おまえが勝手にしたことでもお玉の指図だと思われるんだぞ」

確かにおっしゃる通りだが、元はと言えば若旦那のせいではないか。夫の威光を振りかざし、お玉に隠し事の片棒を担がせるからいけないのだ。

また同じような事をされたら困るもの。お嬢さんを巻き込むつもりなら、あたしにも言ってもらわないと。おみつは意を決して口を開いた。

「あたしは若旦那が後藤屋の大旦那と月見をしたことをどうして周りに隠されるのか、気になっただけです。江戸一番の大商人に気に入られたんでしょう。こそこそしなくたっていいじゃありませんか」

「別に騒ぎ立てるようなことじゃないから、黙っているだけだよ」

「そうでしょうか。後藤屋の先代に見込まれれば、商人として出世は間違いなしだとお嬢さんがおっしゃっていました。大隅屋の旦那様がお知りになれば、何よりの親孝行になると存じます」

負けじと言い返したところ、若旦那の顔がわずかにこわばる。どうやらこっちの目の付け所に狂いはなかったようである。

「それに淡路堂さんの息子は遊びが過ぎて、婿養子に行ったと聞いています。そんなお人を後藤屋の先代に引き合わせたいというのもおかしな話じゃありませんか。先方の眼鏡にかなわないことはわかりきっていますもの」

失礼を承知でさらに踏み込んだことを言えば、綾太郎の表情が目に見えて険しくなった。

「まさかとは思うが、淡路堂さんのところにまで探りを入れていないだろうね」

鋭い目つきにおみつは怯《ひる》み、首を左右に大きく振る。

それでも表情を緩めてもらえずに、「本当です」と訴える。綾太郎は納得したのか、上がった目尻《めじり》が元に戻った。

「まったくおまえってやつは……隠し事は自分の都合ですると は限らないだろう。面白半分に手を出して、取り返しのつかないことになったらどうするんだい。他人の人生がめちゃくちゃになることもあるんだぞ」

強い口調ではないものの、投げられた言葉は重かった。

あたしはお嬢さんのために隠し事をしているけれど、若旦那も誰かのために今度の件を隠そうと決めたのかしら。

だとしたら、いったい誰のために……。適当な答えが思いつかず、おみつは黙り込んでしまう。綾太郎はしばしためらった後、ため息をついて語り出した。

「淡路堂さんだって、平吉が後藤屋の先代に気に入られるなんて思っていやしない。相手にされないのを承知の上で、あたしに引き合わせて欲しいと言ったんだ」

はす向かいの主人は婿入り先でも落ち着かない倅を案じ、綾太郎に頼んだそうだ。親が小言を言っても効き目がないので、それ以上の商人に叱責《しっせき》してもらいたいと。

「遊びが過ぎて追い出されたとはいえ、平吉は大店の跡取りとして育っている。江戸一番の両替商の隠居に見下されたら、今度こそ心を入れ替えるに違いない。それが淡路堂さんの真の狙いだったんだよ」

ただし婿入り先の耳に入れれば、元から狭い肩身がよりいっそう狭くなる。そこで秘密にしていたのだと教えられた。

「おまえにだってお糸ちゃんという幼馴染みがいるんだもの。平吉のために嘘をついたあたしの気持ちもわかるだろう」

「はい、若旦那のお気持ちはよくわかりました。ですが、そういう裏の事情もお嬢さんにおっしゃってくだされればよかったんです」

本当のことがわかっていれば、余計な真似はしなかった——おみつの言い分を綾太郎は鼻で笑う。

「おみつに文句を言われる筋合いはないよ。お玉から無理やり聞き出すほうが悪いんじゃないか」

「お言葉ですが、あたしは桐屋の旦那様からお嬢さんを頼むと言われています」

「だから、何でも知らなきゃいけないとでも言うつもりかい。夫婦の間に割って入り、波風を立てるような真似は頼まれていないだろう」

「あ、あたしは別にそんなつもりは……」

ありませんでしたと言おうとしたが、うまく声にならなかった。綾太郎に睨《にら》まれて、己の本音に気付かされる。

大隅屋の跡取りで夫の綾太郎と一介の奉公人に過ぎないおみつ——お玉がどちらを重んじるかなんてわかりきっていることだ。それでも自分は心の中で綾太郎と張り合った。

「この際だからはっきり言うけど、おみつはずうずうしいんだよ。お玉に一生仕えると言いながら、余一に岡惚れするなんてさ。そんな半端な根性で余一ひとりを思い続けたお糸ちゃんに勝てるもんか」

「そ、そんなことは若旦那に言われる筋合いじゃありません。関係のない人は黙っていてくださいまし」

まだ癒《い》えきっていない恋の傷をえぐらないでもらいたい。おみつが怒って食ってかかると、間髪を容《い》れずに言い返される。

「あいにく関係は大ありだよ。おまえが余一に振られたせいで、こっちはとんだとばっちりだ」

「言いがかりはやめてください。あたしのせいでどんなとばっちりがあったとおっしゃるんです」

浴衣を差し出すこともできずに逃げ帰った夏の日から、おみつは仕事に打ち込むことで忘れようと努めてきた。何かと気を遣わせたお玉はともかく、若旦那に迷惑をかけた覚えはない。

しかし、綾太郎は「言いがかりじゃない」と言い張った。

「おみつはさっき足袋を洗っていたけれど、お玉の仕立てた蜻蛉《とんぼ》柄の浴衣を洗ったことはないだろう」

恨めしそうな目で見られて、とまどいながらも顎《あご》を引く。

夏は汗をたくさんかくので頻繁に寝巻を洗う。跡継ぎ夫婦の洗い物はお玉付きの女中であるおみつがすることが多い。けれども綾太郎に言われた通り、蜻蛉の浴衣を洗った覚えは一度もなかった。

「どうしてお嬢さんの浴衣をお召しにならないんですか」

寝巻を二月以上も洗わずに着続けるとは思えない。何度も縫い直していたお玉の姿を思い出し、非難がましい目つきになる。

おみつと目が合った綾太郎は怒ったように畳を叩いた。

「着たくたって着られないんだよ。おまえのせいでっ」

心やさしい新妻は余一に振られた奉公人にいたく同情したそうだ。

夫に向かって「余一さんは見る目がない」とさんざん文句を言った挙句、「おみつが元気になるまでは、おまえさんもあたしが仕立てた浴衣を着ないでくださいまし」と言い出したとか。

「これでもまだとばっちりを受けていないと言うのかい」

顎を突き出す綾太郎におみつは言い返せなかった。

嫁と姑が一緒に浴衣を縫っていたとき、綾太郎と舅《しゅうと》は何度も様子をのぞきに来た。

それがようやくでき上がったと思ったら、袖を通す前に取り上げられてしまうなんて。あたしが若旦那の立場なら、奉公人のために夫を蔑《ないがし》ろにする気かとお嬢さんを責め立てるところだわ。

若旦那がやさしい人でよかったと思いつつ、おみつは深く頭を下げる。

「本当にすみません。あたしはもう気にしていませんから、若旦那に浴衣を渡してくださるようお嬢さんにお願いします」

これは別に強がりではない。お玉の様子がよそよそしくなってから、余一のことを考える暇はなくなった。自分にとっての一番はやっぱりお玉なのである。

「お糸ちゃんと余一さんが一日も早く結ばれるといいんですけど」

「おや、おみつは知らないのかい。あの二人ならもう一緒になる約束をしているよ」

すでに天乃屋には断りを入れ、後はお糸の父親の許しを得るばかりらしい。おみつは驚いて聞き返す。

「若旦那はそれを誰から聞いたんですか」

「もちろん、余一だよ。月見の衣装の相談をしたとき、二人の仲がどうなっているのか聞き出したのさ」

金持ちを嫌う余一からそんなことまで聞き出したのか。おみつはさらに驚いた。

月見の衣装もちゃっかり始末してもらっているし、とぼけた顔の割に案外油断がならないわね。

ひそかに気を引き締めれば、またもや意外なことを言われる。

「一日も早く結ばれて欲しいとおみつが思っているのなら、今すぐ余一のところへ行ってやればいい」

「そこで何をしてこいとおっしゃるんです」

「もちろん、こい（恋）の後押しだよ。おみつなら、お糸ちゃんの父親をよく知っているだろう。二人が一緒になれるように力を貸しておやり」

余一のことは諦めたし、お糸にはしあわせになって欲しい。とはいえ、進んで手を貸すのは、まだ少しつらい。

おみつの迷いを感じたのか、綾太郎が声を落とす。

「おまえが余一に惚れていることを二人は知らないんだろう。隠し通すつもりなら、お糸ちゃんと余一に力を貸してやることだ」

「でも、あたしは……」

「仲のいい幼馴染みのためなら、そうするんじゃないのかい。早く恋敵をやめないと、余一だけでなくお糸ちゃんまで失うよ」

余一に浴衣を縫い始めてから、おみつはだるまやに立ち寄っていない。前のように顔を出していれば、とっくの昔にお糸の口から「余一さんと一緒になるの」と教えられていたはずだ。

――でも、おとっつぁんが許してくれなくて。ねえ、おみつちゃん、何かいい思案はないかしら。

心配事や悩み事はいつも互いに相談してきた。今度もいの一番に相談したかったに違いない。お糸の声が聞こえた気がしておみつは両手を握り締める。

櫓長屋でお糸の仕立てた袷《あわせ》を見て、割り込む隙《すき》などないと思い知った。余一には仕立てた浴衣を差し出さず、「あたしの大事な幼馴染みを見くびらないで」と強い調子でけしかけた。

もう一度余一さんをけしかければ、今度こそうまくいくかしら。おみつは息を吐き出して、そっと両手の指を広げる。

この手で恋は摑《つか》めなくても、お糸と余一の背を押すことはできる。それが幼馴染みの務めだと若旦那は言いたいのか。

若旦那だって、できの悪い幼馴染みのために一肌脱いだんだもの。あたしもそれに倣うべきだわ。

おみつはようやく覚悟を決めた。

「わかりました。櫓長屋に行ってきます」

「帰ってきたら、お玉に浴衣のことを言っておくれ」

おみつは綾太郎に頭を下げて、静かに座敷を出ていった。

三

八月二十五日の朝、おみつは到来物の柿《かき》を持って以前の奉公先に向かった。

木で熟した水菓子はおいしい代わりに足が速い。味が落ちるのを嫌った大隅屋の御新造から、嫁の実家に届けるように言いつかったのである。

大人の握りこぶしほどの甘柿はまさしく柿色に染まっている。青く澄んだ空の下、大勢の人が慌ただしく日本橋を行き交っている。すれ違う人とぶつからないよう気を付けながら、桐屋を目指すおみつの心は軽かった。

一昨日、弱気な余一を叱《しか》りつけて櫓長屋を出たところ、ちょうど余一を訪ねてきたお糸に姿を見られてしまった。

嫌な予感がして後を追いかければ、お糸はおみつと余一の仲を疑い、人目も憚《はばか》らずに泣いていた。器量よしの幼馴染みは自分がどれだけ惚れられているか、少しもわかっていなかったのだ。

――余一さんがお糸ちゃんを好きなのは間違いないから安心して。

言葉を尽くして励まして、お糸をどうにか納得させた。

後は余一が何とかしてくれるだろう。「お糸ちゃんをしあわせにする」と固く約束したのだから。

――早く恋敵をやめないと、余一だけでなくお糸ちゃんまで失うよ。

癪《しやく》に障るが綾太郎の言葉は正しかった。そんなことを思っている間に、桐屋の店先に到着する。

大伝馬町は江戸でも大店の多い一帯で、桐屋の店構えは特に目を引くものではない。だが、おみつは初めてこの前に立ったとき、その立派さに圧倒された。不思議なもので今はもっと大きな店に奉公している。

五年前、ここでお嬢さんがあたしに気付かなかったら、どうなっていただろう。我が身の不幸に耐えかねておかしくなっていたかもしれない。

久しぶりに来たせいで、つい余計なことを考える。おみつは首を何度か振り、大隅屋の使いとして暖簾《のれん》をくぐった。

「旦那様、ご無沙汰《ぶさた》をしております。今日は大隅屋の御新造さんのお使いで柿のおすそ分けに参りました」

勝手知ったる母屋の座敷で柿の入った籠《かご》を差し出す。桐屋の主人の光之助はうれしそうに目を細めた。

「これは見事な柿だ。御新造さんによろしく伝えておくれ」

「はい」

「ところで、お玉は変わりないか」

目の前の大ぶりの柿よりも娘のことが気になるらしい。身を乗り出した光之助におみつは大きくうなずいた。

「はい、若旦那との仲もよくお健やかにお過ごしです」

「そうか、それならよかった」

ほっとしたらしい父の笑顔は娘のお玉とよく似ている。光之助の不安がわかるだけに、おみつもつられて微笑んだ。

「おみつはどうだ。あちらの御新造さんに振り回されて、苦労しているんじゃないか」

姑のお園のいささか困った人柄は光之助も承知している。おみつも再三呆《あき》れたけれど、家付き娘の御新造は嫁をかわいがってくれる。それだけで十分ありがたかった。

「大丈夫です。以前に比べれば、無理難題をおっしゃることも少なくなりました。この間はお嬢さんと一緒に浴衣を仕立てられたんですよ」

自分が縫った浴衣は渡すことができなかった。しかし、お園とお玉の縫った浴衣は贈った相手に喜ばれた。きものの仕立ては上手い下手より、誰が縫ったかが肝心である。

「旦那様とのお約束は違えません。あたしはお嬢さんのそばから離れませんので、ご安心ください」

――これから先、どんなときも、何があっても、お玉のそばにいてやってくれ。私の頼みはただそれだけだ。

桐屋の秘密を打ち明けたとき、光之助はおみつにそう言った。綾太郎に邪魔だと思われても、こっちだってお玉のそばから離れられない事情がある。

「それは頼もしいことだ。ところで、綾太郎さんから何か聞いたか」

一昨日のやり取りを思い出し、おみつの胸が大きく跳ねる。光之助は若旦那からいったい何を聞いたのだろう。

ひょっとして、若旦那は桐屋の旦那様にあたしが邪魔だとでも言ったのかしら。

迷った末に「いいえ」と答えれば、相手は思案顔になる。

「裁縫《おはり》ができないお玉が苦労して浴衣を縫うほどだ。心から綾太郎さんを慕っているんだろう。近いうちに孫の顔が見られるかもしれないな」

問わず語りの呟きにおみつは面白くない気分になる。

嫁ぎ先での立場を強くするため、また井筒屋の主人にお玉を諦めさせるために、早く子ができればいいと思っていた。

だが、お玉が綾太郎の子を産めば、今まで以上に夫婦の絆《きずな》は強くなる。おみつの知らない「二人だけの秘密」がますます増えていくだろう。

そして、おみつは外出の支度をしていたお耀と陽太郎にも挨拶《あいさつ》をすませ、急ぎ足で大隅屋に戻った。

「お嬢さん、ただ今戻りました。桐屋の旦那様も御新造さんも陽太郎坊ちゃんもお変わりありません。ご安心ください」

「ああ、そんなのどうでもいいわ。おみつ、落ち着いて聞いてちょうだい」

今や遅しとおみつの帰りを待ち構えていたらしい。母屋に足を踏み入れるなり、お玉が飛び出してくる。何事かと驚くと、言いにくそうに切り出された。

「さっき、余一さんとお糸さんが旦那様を訪ねてきたの。九月一日に祝言を挙げるんですって」

「……ずいぶん急な話ですね」

今度こそ二人はうまくいくと思っていた。しかし、話がまとまってすぐ祝言を挙げるとは思わなかった。

「余一さんから聞いたわ。おみつが背中を押してくれたおかげで祝言が挙げられるようになったって」

あらかじめ事情を知っていた綾太郎と違い、お玉はお糸と余一が思い合っていることを知らなかった。いきなり祝言を挙げると言われてさぞかしびっくりしただろう。あたしもびっくりしたけど、暗い顔は見せられない。お嬢さんが心配しないようにしなくっちゃ。

おみつは大きく息を吸い、わざとらしく胸を張る。

「ええ、本当に大変でした。余一さんはお糸ちゃんのおとっつぁんが許してくれるまで、いつまでも待つとか言うんです。それじゃお糸ちゃんが大年増になっちまうって脅かしたら、ようやく腰を上げたんですよ。それにしても来月一日に祝言だなんて、余一さんもせっかちねぇ。お嬢さんもそう思いませんか」

頭の中に浮かんだ言葉を勢いよくまくしたてる。ややしてお玉に尋ねられた。

「おみつは本当にそれでいいの?」

「もちろんです。お糸ちゃんは器量よしでやさしくて、あたしの自慢の幼馴染みですから。せっかく来てくれたのに、お祝いが言えなくて残念だわ」

空元気で答えると、お玉は奥に目をやった。

「余一さんは帰ったけれど、お糸さんはまだ座敷にいるの。おみつに会って伝えたいことがあるんですって」

時刻はそろそろ四ツ半(午前十一時)になる。お糸は店に戻って父親の手伝いをしているとばかり思っていた。顔を見て言いたいこととは何なのだろう。

すべて吹っ切ったはずなのにどうして心が揺れるのか。幼馴染みのしあわせを祝福できると思っていたのに。

一瞬返事に迷ったら、お玉に小声で耳打ちされた。

「お糸さんと会いたくないなら、あたしがごまかしてあげる。お糸さんにはすまないけれど、おみつのほうが大事だもの」

「いいえ、いいんです。幼馴染みにおめでとうと言わないと」

ここで逃げ出してしまったら、二日前の勇気が無駄になる。おみつはきものの乱れを直してお糸の待つ座敷に向かった。

「お糸ちゃん、待たせてごめんなさい。祝言が決まってよかったわね。でも、そんなに急いで祝言を挙げなくてもよかったのに。一生に一度のことだもの。いろいろ支度があるでしょう」

向かい合って座るなり、おみつは早口で話しかける。お糸も落ち着かなげに身体を揺すった。

「祝言と言ったって仲人を立てる訳じゃないもの。おっかさんの形見のきものを着て杯を交わすだけだから、何の支度もいらないわ」

「そういうことなら、おじさんの気の変わらないうちにやったほうがよさそうね。お糸ちゃん、おめでとう。ようやく夢がかなうのね」

おっかさんの形見のきものを着て、好きな人と一緒になる――それがお糸の子供の頃からの夢だった。母の形見を持たないおみつは「お糸ちゃんはいいな」とひそかにうらやんでいたものだ。

「それで伝えたいことって何かしら」

通町の大隅屋から岩本町のだるまやまでは小半刻《こはんとき》（約三十分）もかからない。だが、後いくらもしないうちに店が混み合う時刻になる。急《せ》かすような口調で言えば、お糸はためらった末に口を開いた。

「あの、よかったら祝言に出てくれないかしら。うちのおとっつぁんがおみつちゃんにも来てもらえって」

他に呼ばれるのは余一と長い付き合いの古着屋だけだという。お糸の父にすれば、おみつが幼馴染みの花嫁姿を見たがっていると思ったのだろう。

「あ、でも、無理なら無理と言ってちょうだい。おみつちゃんはこんな大店で奉公をしているんだもの。いろいろ忙しいでしょう」

お糸は申し訳なさそうにこちらの顔色をうかがっている。おみつは腹の中でため息をついた。

長い付き合いの幼馴染みは自分の思いを察している。祝言に顔を出したりすれば、余計な気を遣《つか》わせる。

それにしても周りはみんな知っているのに、肝心の余一さんだけあたしの気持ちを知らないなんて笑っちゃうわ。他人の気持ちには敏《さと》いのに色恋沙汰《いろこいざた》は別なのね。

だが、おかげで気まずくならずにすんだと、おみつは苦い笑みを浮かべた。

幼馴染みの花嫁姿を見られないのは残念だが、遠慮したほうがいいだろう。おみつは「ごめんなさい」と両手を合わせた。

「その日はお嬢さんのお供で遠出をすることになっているの。戻りが夜になると思うから、祝言には出られないわ」

「気にしないでちょうだい。祝言と言ったって本当にささやかなものだから」

お糸が何度も首を振るのは、たぶんほっとしたからだ。余一と連れだってここへ来るのも気が重かったに違いない。

嘘も方便――相手のためにつく嘘は仏様も許してくれる。おみつはさも残念そうな顔をした。

「おじさんのことだから、きっとごちそうを作ってくれるんでしょうね。お糸ちゃんは撫子色のきものを着るんでしょう。帯はどうするの」

「帯は余一さんが用意してくれたの。黒繻子の地に糸巻きの柄が刺繍してあって、あたしなんかにはもったいないくらい立派な物よ」

「そう、よかったわね」

おみつは精一杯明るい声を出すように努めた。余一がお糸のために用意したなら、さぞかし立派な帯だろう。

「花婿はやっぱり黒紋付きかしら。余一さんくらい背が高いと、他人に借りるのも難しそうね」

めったに着ない正装を余一が持っているとは考えづらい。気になったことを口にすれば、お糸が遠慮がちに教えてくれた。

「余一さんはあたしが仕立てた袷を着るみたい」

「あ、ああ、そうなの」

「あれはとても生地がいいから」

着道楽で知られた大隅屋の御新造が自ら選んだ品である。悪い品であるはずがない。だが、余一にとって肝心なのは「誰が仕立てたか」ということだ。

頬を染めるお糸を見つめ、おみつは余一の留守に上り込んだときのことを思い出した。

――お糸ちゃんのきものに触るんじゃねぇ。

切羽詰《せっぱつま》った声に驚き、束の間身動きができなくなった。あの金通し縞のきものを着て、余一は祝言を挙げるのか。

二人ともめったにいない器量よしと男前だ。さぞかし絵になるだろう。

「お糸ちゃんと余一さんの晴れ姿が見られなくて残念だわ」

小さな呟きを聞きもらさず、お糸は「ありがとう」と頭を下げた。

「あたしが余一さんと一緒になれるのは、おみつちゃんのおかげよ。おみつちゃんが余一さんを急かしてくれなかったら、おとっつぁんは許してくれなかったわ」

「そんなの当たり前じゃない。お糸ちゃんがどんなに余一さんを好きか、あたしが一番知っているもの」

神様、仏様、どうかうまく笑えていますように。

心の中で念じながら、おみつは口の端を引き上げる。お糸も笑みを返してくれたが、いつもと違ってぎこちない。

そんなことじゃ一膳飯屋だるまやの看板娘の名が泣くわ。おみつは幼馴染みの背を容赦なく引《ひ》っ叩《ぱた》く。

「恋い焦がれた相手とようやく一緒になるんじゃないの。もっとうれしそうな顔をしてくれないと、あたしだって冷やかしづらいわ」

「おみつちゃん」

「祝言に出られない分、もう一度言わせてもらうわね。お糸ちゃん、本当におめでとう。余一さんとしあわせになってちょうだいね。万が一にも不幸になったら、おじさんもあたしも承知しないわよ」

おどけた口調で念を押せば、お糸は泣きそうな顔でうなずいた。

# 四

「どうして仕立てた浴衣を渡して、思いを打ち明けなかったの。余一さんはおみつの気持ちにまるで気付いていないじゃない」

お糸が大隅屋を去った後、仕事に戻ろうとしたおみつはお玉によって引きとめられた。

「おみつが余一さんに浴衣を持っていったとき、お糸さんには礼治郎さんとの縁談が持ち上がっていたわ。いくら仲のいい幼馴染みでも遠慮しなくてよかったはずよ」

「……余一さんは暑いさなかに、お糸ちゃんが仕立てた袷のきものを手の届くところに置いていたんです」

それほど思っている相手を冷たい言葉で遠ざけたのは、天乃屋に嫁いだほうがしあわせになれると思ったからだ。

余一の考えはわかっていたのに、もしかしたらと思ってしまった。挙句、惚れた相手に怒鳴られて、浴衣を差し出せなくなった。

「お糸ちゃんは十五のときから余一さんひとりを思い続けてきたんです。最初からあたしの出る幕なんてありません」

「だからって、二人が結ばれる手助けをしなくてもいいじゃないの」

「あたしがお節介をしなくても、遠からず一緒になりましたよ」

互いの思いの強さは誰よりもよく知っている。自嘲《じちょう》まじりに言い返したら、お玉が目をつり上げた。

「どうしてこういうときだけ物わかりがいいの。おみつの思いに気付かない鈍《どん》つくと幼馴染みが一緒になるのよ。もっと怒ればいいでしょう」

「どっちにですか」

「どっちもよっ」

憤懣《ふんまん》やるかたなしという表情でお玉がこぶしを振り上げる。おみつは思わず笑ってしまった。

「あたしはどっちも怒りません。代わりにお嬢さんが怒ってくださいますから」

ことの是非にかかわらず、味方をしてくれる人がいる。それがどれほどありがたく、心を温めてくれることか。

本心を言っただけなのに、お玉の顔が切なげに歪む。「どうしました」と慌てると、「ごめんなさい」と謝られた。

「余一さんと一緒になればいいなんて言うんじゃなかった。余計なことを言ったせいで、おみつを傷つけてしまったわ」

「お嬢さんのせいじゃありません」

最初におみつをけしかけたのは御新造のお園である。それに二人はお糸の思いを知らなかった。

「前にも申し上げましたが、あたしにとって一番大事なのはお嬢さんです。どうか気にしないでください」

「気にするわよ。余一さんがおみつの幼馴染みと一緒になるなんて」

お糸は桐屋に嫌がらせをしていた連中に乱暴されかけたことがある。お玉もおみつの幼馴染みの名前と人となりは知っていた。

悪《あ》しざまに言うことができない分、かえって苛立ちが募るのだろう。お玉は不機嫌もあらわに黙り込み、ほどなく目を輝かす。

「そうだわ。余一さんよりもいい男と一緒になって、逃がした魚は大きいと思い知らせてやりなさい」

「お、お嬢さん、急に何を言い出すんです。あたしは二人に恨みはないし、張り合うつもりもありません」

おみつは異を唱えたが、お玉は聞く耳を持たなかった。

「男は腕と見た目よりやさしさと甲斐性《かいしょう》が大切よ。おっかさんと相談して、おみつにふさわしい立派な相手を探してあげる」

「あたしはお嬢さんに一生お仕えしたいんです。夫なんていりません」

「大丈夫よ。おみつが奉公を続けられるような相手を探すから。楽しみに待っていてちょうだい」

お玉は自分の思い付きをすっかり気に入ってしまったらしい。さっきまでとは打って変わり、満面の笑みを浮かべている。

しかし、おみつにすればいい迷惑だ。余一に強く惹かれたとはいえ、元来男は好きではない。

「お気持ちはありがたいですが、本当に結構です」

声を強めて断ると、再びお玉が顔をしかめる。

「どうしてそんなに嫌がるの。あたしの人を見る目が信じられないってことかしら」

「そういうことじゃありません」

「だったら、あたしに任せてちょうだい」

仕える主人に胸を叩かれ、おみつは不本意ながら口をつぐんだ。

おみつにふさわしい相手はいないか——嫁から相談を受けた姑はお玉以上に乗り気になった。

翌日から「どういう男が好みか」とか「職人と商人ではどちらがいい」など、面白半分に尋ねてくる。しかも、お玉と二人で額を寄せ合い、人目も憚らずに相談している始末である。

「余一さんに惚れたくらいだから、やっぱり見た目が肝心よね」

「いいえ、男は見た目より中身です。おみつだって目が覚めたでしょう」

「あら、見た目が悪かったら見返すことにならないじゃない。お玉は振られた女の気持ちをわかってないわ」

「見返すことより、おみつをしあわせにしてくれる相手であることのほうが肝心です。おみつは不器用なところがありますから、余一さんのような鈍つくは困ります。察しのいい人でないと」

本人の思いをよそに二人の楽しげな話は続く。廊下で雑巾がけをしていたおみつはたまりかねて口を挟む。

「お二人ともいい加減になさってください。あたしはどんな相手でも一緒になる気はありません」

雑巾を手に立ち上がれば、お園に笑って手を振られた。

「おみつ、食わず嫌いはよくないわよ。馬には乗ってみよ人には添うてみよと言うでしょう」

「そうよ、おみつだって来年は二十歳だもの。もたもたしていると行き遅れるわ」

「ですから、あたしは一生嫁に行く気なんてないんです」

心の底からの訴えを二人はまるで取り合わない。おみつは人知れず頭を抱えた。

ただでさえ特別扱いをされているのに、これでは他の奉公人からますます白い目で見られてしまう。

どうしたものかと悩んでいる間に日は過ぎて、八月晦日の朝五ツ半（午前九時）、座敷の床柱を磨いていたら、気が付くとお園が立っていた。今日は万筋《まんすじ》の梅幸茶《ばいこうちゃ》（茶色がかった萌黄色）のきものに破れ亀甲《きっこう》の帯という出で立《いた》ちである。

着道楽の御新造はきものの大半を手放したはずだ。にもかかわらず、初めて目にするきものや帯が次々出てくるのはなぜなのか。おみつは疑問に思っていたが、口に出したことはない。

「何かご用でしょうか」

「ええ、おみつに行って欲しいところがあるの」

まさかとは思うけれど、行った先に縁談相手はいないでしょうね。疑いの眼《まなこ》で見上げれば、お園は声を上げて笑う。

「そんな顔をしていたら、いい相手を紹介しても断られてしまうわよ」

「むしろそのほうが助かります」

「おみつも頑固ねぇ。おまえの生い立ちを考えれば、わからないでもないけれど」

大隅屋の御新造がどうして自分の生い立ちを知っているのか。目を見開いたおみつにお園は声をひそめた。

「お玉から聞いたわ。実の母親を早くに亡くして、継母にいじめられたんですってね。綿入れを用意してもらえずに寒さに震えていたそうじゃない」

「お嬢さんはそんなことまでお話しになったんですか」

「ええ、おみつの義母とは違うのよ」

どうやら義理の母娘でも仲がいいと言いたいらしい。得意げな相手におみつはため息をついた。

「御新造さんとお嬢さんのお気持ちはありがたいと思っています。ですが、これ以上の特別扱いはお店のためになりません。あたしのことは放《ほう》っておいてくださいまし」

奉公先が女中の嫁入り先を見つけてやるのはめずらしくない。とはいえ、おみつは新参者だ。古参の奉公人にすれば、忌々《いまいま》しい限りだろう。

「余一さんがあたしの幼馴染みと一緒になると聞いて、お嬢さんは張り合っているだけです。どうか御新造さんから考え直すようにおっしゃってください」

強い調子で訴えれば、なぜか探るような目で見られてしまった。

「それで、おまえはお玉のために一生独り身を通すつもりなの」

「はい」

わざわざ問われるまでもない。そう思ってうなずくと、お園の顔に影が差す。

「おみつがそんなふうだから、お玉は心配になったのよ」

「何が心配なんですか。あたしは一生そばにいて欲しいとお嬢さんからも言われているんです」

「それは嫁入り前の話でしょう?」

憐《あわ》れむようなまなざしにおみつの胸が騒ぎ出す。

お玉が大隅屋に嫁いでまだ一年も経っていない。それなのに、嫁入り前と今とでは事情が違うと言いたいのか。

「顔もろくに知らない相手に嫁ぐのだもの。お玉も嫁入り前はさぞかし不安だったでしょう。ついてきてくれる奉公人を頼りにして当然よ」

「では、嫁入り先に慣れてしまえば、あたしは不要だとおっしゃいますか」

込み上げる怒りで声が上ずる。お園はかすかに首を傾けた。

「いいえ、おみつを一生縛り付けてはいけないと思ったんじゃないかしら。奉公人は身内じゃないもの」

あたしはお嬢さんが一番大事だけれど、お嬢さんにとっての一番はあたしじゃない。わかっていたはずなのに、他人から言われると胸が痛む。おみつは自分の目の前が本当に暗くなった気がした。

「ああ、勘違いしないでちょうだい。お玉は綾太郎と一緒になってしあわせだから、おみつにもいい人がいないかと思っただけよ。邪魔になった訳じゃないわ」

よほど情けない顔をさらしていたに違いない。慰めるお園の声におみつはわずかにうなずいた。

「おみつの幼馴染みも余一さんと祝言を挙げるんでしょう。夫婦になれば、いずれは子ができて母になるわ。お玉にもお糸さんにも夫と子がいて、自分だけひとりぼっちでもおみつは構わないの」

「…………」

「何だかんだ言ったところで、最後に頼れる相手は身内よ。おみつは実の親と絶縁しているんでしょう。だったら、なおのこといざというときに頼れる人と一緒になっておくべきだわ」

お園の言い分は恐らく正しい。それでも素直にうなずけなかった。

継母は夫と子がいてもしあわせそうには見えなかった。お園自身も御新造として落ち着いたのはお玉が嫁に来てからだという。

しかし、独り身のまま奉公を続けてお玉と離れる日がきたら……それから「いい相手」を探したところで間に合わないに決まっている。

お嬢さんが嫁入りしなければ、迷わなくてもすんだのに。筋違いな恨みを抱いたとき、お園がぱんと手を打った。

「さて、あたしの話はもうおしまい。おみつはこれから山王《さんのう》様へお参りに行ってきてちょうだい」

山王祭で知られる赤坂の日吉山王大権現《ひえさんのうだいごんげん》は徳川将軍家の産土神《うぶすなかみ》であり、朱塗りの社殿がひときわ立派な神社である。おみつは嫌な予感がした。

「山王様で何をお願いするんですか」

「もちろん一日も早く綾太郎の子ができますように、よ。山王様は子授け安産の神様だって、おみつも知っているでしょう」

大店の跡継ぎの妻は次の跡継ぎを産むのが務めである。もしも子供が授からなければ、離縁されても文句は言えない。

しかしお玉はまだ十八で、嫁いで一年も経っていない。「神頼みは早すぎます」とおみつが異を唱えたとたん、お園は姑の顔つきになる。

「若いからこそすぐにできてもいいはずよ」

「御新造さん」

実の娘のようにお玉をかわいがっていても、お園にとって大事なのは実家の大隅屋であり、我が子の綾太郎なのだ。今さらながら思い知り、おみつは身を硬くした。

「それに私はお玉の気持ちを思いやって、おみつにお参りを頼んでいるのよ」

姑が山王様にお参りしたとお玉が知れば、さすがに気に病むだろう。しかし、お参りしたのがお嬢さん大事のおみつなら、それほど気にならないはずだ——お園は得意げに説明して、ちらりとおみつを流し見る。

「それとも、おみつはお玉に子ができないほうがいいのかしら」

「とんでもない。あたしはお嬢さんに一日も早く大隅屋の跡継ぎを産んでいただきたいと思っています」

すかさず言い返したものの、おみつは後ろめたさを感じていた。

――あたしは一生お嬢さんにお仕えしますから、自分の子は抱けません。その分、お嬢さんの子を一所懸命お世話させていただきます。もちろん、乳は出ませんので乳母はできませんけれど。

祝言の日、お玉に言った言葉を思い出す。今だってお玉の子を抱きたい気持ちがなくなった訳ではないのだが……。

おみつはお園に頭を下げ、支度をするべく立ち上がった。

## 五

日吉山王大権現は武家屋敷の建ち並ぶ赤坂御門内にある。

おみつは参拝の人たちを目で追いながら、長い石段を上っていった。

立派だが急な石段は妊婦にとって危険である。ここの神様のお使いの身軽な神猿とは訳が違う。うっかり転びでもしたら、安産祈願どころではない。

それでも妊婦たちは腹をかばい、ゆっくり石段を上っていく。おみつはふと難産の末に亡くなった実の母のことを考えた。

母が無事に赤ん坊を産んでいれば、もしくは母だけでも生き延びてくれていれば、自分の人生はもっと違っていたはずだ。それを思えば多少の危険をものともせず、安産を願う気持ちはよくわかる。

男は気楽でいいわよね。痛い思いをしなくても人の親になれるんだから。

腹の中で文句を言いつつ石段を半ばほど上ったとき、おみつは前方から下りてくる年老いた尼僧に目を留めた。

腰は少々曲がっていて顔には深いしわが刻まれている。だが、顔のつくりは整っており、若い頃は器量よしだったと思われた。

かつては引く手あまただったでしょうに、出家したのは年を取ってからかしら。尼僧が神社に来るなんて場違いもいいところだけど。

遠慮なく見てしまったせいか、尼僧はおみつに向かって微笑む。おみつは気まずくなりながらも、ぎこちなく笑み返す。

二人は無言ですれ違い、おみつは石段を上り終えて境内に足を踏み入れる。ぐるりと周りを見回せば、やはり男より女の参拝客が多かった。

わざわざお参りに来るくらいだ。みな好きな相手と一緒になり、我が子を望んでいるのだろう。それとも、嫁の務めとして子を産まなければならないのか。

お嬢さんの子は大隅屋の血だけじゃなく、後藤屋と桐屋、そして井筒屋の血を引くことになる。その子もまた曾祖父母《そうそふぼ》が駆け落ち者だという秘密を背負うことになるのかしら。

果たしてどれほど時が経てば、見ず知らずの祖先の罪に怯えなくてすむのだろう。おみつはやり切れない気分で賽銭を投げて手を合わせた。

神様、神猿様、今すぐでなくて構いません。いつかお嬢さんに強い子供をお授けください。どんな運命にも負けないような、しっかりとした男の子を。

今日はお守りやお札をいただいて帰るつもりはない。お園から命じられたのはお参りをすることだけである。

さて帰ろうと歩き出し、ふとお糸のことを思い出す。明日は幼馴染みの祝言なのに、お玉とお園に振り回されて頭の隅に追いやっていた。しあわせになって欲しいという願いを込めて、開運のお守りをちょうだいする。安産はさすがにまだ早いだろう。

そして石段に向かって再び歩き始め――おみつは神聖な神社にふさわしくない顔を見つけた。

どうしてあいつがここにいるの。ここは安産祈願の山王様で、水子供養の寺じゃないのよ。

場違いな色男に気付かれないよう、おみつはそろりと後ろに下がる。そのとき、不運にもこっちを見た千吉と目が合った。

「あれ、おみつじゃねぇか。どうしてこんなところにいるんだよ」

この男は自分の行いや言ったことをすべて忘れてしまうのか。少しでも覚えていれば、合わせる顔がないはずだろう。笑顔の相手とは反対におみつの顔はこわばった。

「千吉さん、でしたよね。確か色事師はやめて、古着屋の手伝いをしていると言っていませんでしたか」

「ああ」

「だったら、そちらこそどうしてこんなところにいるんでしょう。ひょっとして、前のお仕事に戻られたんですか」

おみつは元色事師に嫌みたらしい口を利く。千吉は男にしては赤すぎる唇の端を引き上げた。

「いいや、俺は今でも古着屋の見習いだぜ」

「このいいお天気に見習いを遊ばせておくなんて、たいした古着屋さんですね」

「やけに機嫌が悪ぃじゃねぇか。ああ、そうか。明日は余一の祝言だったな」

どうしてこの男は人の気に障ることしか言えないのか。先に嫌みを言ったことは棚に上げて、おみつは千吉を睨みつける。

「馬鹿なことを言わないで。あたしは余一さんとお糸ちゃんを祝福しています」

「強がっちまって痛々しいねぇ。おめぇはだるまやの祝言に呼ばれてんだろう。行くのかい？」

「あんたには関係ないわっ」

落ち着かなければと思っているのに、勝手に声が大きくなる。千吉は狐のように目を細めた。

「そうか、やっぱり断ったのか。自分の幼馴染みと惚れた男の祝言なんて間近で見たくねぇもんな」

これ以上は何も聞きたくないし、答えたくない。おみつは口をつぐむと大股で歩き出す。背後で千吉の聞こえよがしな声がした。

「しかし、だるまやの娘も馬鹿だよな。玉の輿《こし》を蹴《け》って余一と一緒になるなんて。いずれ貧乏暮らしに嫌気が差して別れるのは目に見えているのによ」

ここで怒って足を止めたら、相手の思う壺である。あたしは何も聞いていないと胸の中で繰り返した。

「どうせ長続きしねぇんだから、餓鬼なんかこさえねぇほうがいい。おみつもそう思うだろう」

「いい加減にしてっ」

とうとう耐えきれなくなって、おみつは千吉を怒鳴りつける。周りの目が気になるものの、もはや構っていられなかった。

「あんただって余一さんにきものの始末をしてもらっているんでしょう。どうして憎まれ口ばかり叩くのよ」

「別に余一がどうのって訳じゃねぇ。俺は夫婦ってのが嫌いなんだ。くそったれな親のせいでひどい目に遭ったからな」

こちらの剣幕に動じることなく相手があっさり答える。そして、冷ややかな目をおみつに向けた。

「おめぇだってそうだろう。父親が尻軽のあばずれと一緒になったせいで、金をむしり取られそうになったじゃねぇか」

「それはあんたのせいじゃないの」

「俺は義理の娘にたかれだなんて一言だって言ってねぇ。母親にも産んでくれとは言ってねぇのに、勝手にひり出しやがってよ」

「それは誰だって一緒だわ」

「いずれ売られるとわかっていたら、息絶えるまで母親の腹の中に居座ってやりゃあよかったぜ」

腹の中では一緒でも、生まれてからは人それぞれだ。色事師をしていたくらいだから、ろくな生い立ちではないと思っていたが……。おみつが二の句に困ったとき、千吉は境内を歩いている女たちに目を向けた。

「そんな親でも、弟が生まれる前にここへお参りに来たんだよ。俺が生まれる前にも来たと言われて、無邪気に喜んでいたもんだ」

その後、弟は無事に生まれたが、親の商売は傾いた。そのうち借金で首が回らなくなり、見た目のいい千吉は色子として売られたらしい。

「神に縋って産み落としておきながら、夫婦の都合で売り飛ばす。まったく罪作りだと思わねぇか」

憎々しげに吐き捨てられて、千吉がここにいる意味を悟った。この人は親を怨《うら》みながら、同時に恋しがっている。

「ひょっとして夫婦の仲を裂くために、色事師をしていたの」

「そんなつもりはなかったが……言われてみるとそうかもな」

存外素直にうなずかれ、おみつは呆れた声を出す。

「あんたって本当に女々しいのね。いくつのときに売られたのか知らないけど、そろそろ前を向きなさいよ」

「何だと」

「親が嫌いなら、どうしてあんたは親と違うことをしないのよ。すねて周りを不幸にするより、好きな人と一緒になって生まれた子を大事にすればいいじゃない。そして自分は親勝りだと胸を張ればいいでしょう」

「………」

「あんたよりも不幸な人はいくらだっているんだから。そんな了見じゃ、いつまで経ってもしあわせになんかなれないわよ」

勢いよくまくしたてれば、千吉が目を丸くする。そして派手に噴き出した。

「驚いた。おめぇは了見次第で俺がしあわせになれると思ってんのか」

「当たり前でしょ。若くて丈夫なんだもの」

「そう思うなら、おみつが俺の女房になるか」

さっきまでとは様子が一変、千吉はいやらしい笑みを浮かべている。おみつはその場で固まった。

「じょ、冗談じゃないわよ。あたしは独り身を通すって決めているの」

「おい、俺に言ったことと違うじゃねぇか」

「違わないわ。あたしは親が嫌いだから、親と違って独り身を通すんだもの。それに好きな人と一緒になれって言ったでしょ」

すかさず言い返したものの、顔が火照っているのがわかる。千吉は余裕たっぷりにうそぶいた。

「余一より俺のほうがいい亭主になると思うぜ」

「どうして余一さんを引き合いに出すの」

「やつは女の扱いと金儲《かねもう》けが下手だからな。この間だって井筒屋の仕事を」

「井筒屋って米沢町の呉服屋のことっ」

聞き捨てにはできない名にお糸は相手の話を遮る。とっさに腕を摑《つか》んだら、千吉の顔から笑みが消えた。

「井筒屋は余一さんとも関《かか》わりがあるの？　知っていることを教えてちょうだい」

「余一ともってことは、おめぇも関わりがあるってのか」

問いに問いで返されて口を滑らせたことを後悔する。返事をしないで走り出したが、千吉は追ってこなかった。

# 六

山王様で手間取ったので、寄り道をしている暇はない。だが、おみつは通町を行きすぎて白壁町へと向かっていた。

今年の春、大隅屋の名を貶《おとし》める瓦版《かわらばん》が世間に出回った。それを井筒屋の差し金だと思ったおみつは余一に相談したのである。そして広まった悪評を消すために、お園のきものを売った金で貧乏人に古着を施した。

井筒屋がお嬢さんを狙っていることは余一さんだって承知している。何かあったのなら、教えてくれればいいのに。

季節はすでに夏を経て、秋へと移り変わっている。余一はおみつの言葉など忘れているかもしれないが、確かめずにはいられない。

あのときだって井筒屋と聞いて、余一さんの顔色が変わったもの。浅からぬ因縁があるのかもしれないわ。おみつはさらに足を速めた。

「余一さん、おみつです」

長屋の前で声をかければ、余一が腰高障子を開けてくれる。いつもはこっちの顔を見るなりいっそう不機嫌になるのだが、祝言の前日で浮かれているのだろう。片眉を上げただけだった。

「今日は何だ。きものの始末じゃねぇようだが」

「ねぇ、井筒屋と関わりがあるって本当なの」

勢い込んで尋ねれば、相手の顔が険しくなる。おみつは土間に立ったまま、背の高い相手を見上げた。

「あたしは前に言ったわよね。井筒屋がお嬢さんを狙っているって。井筒屋と何かあったなら、教えてくれてもいいでしょう」

「おい、落ち着けって。おめぇのお嬢さんが井筒屋に狙われているって話は聞いたが、もう終わったことだろう」

余一は呆れたように言い、下駄を履いたまま上り框に腰を下ろす。おみつも座るように促されたが、両足を踏ん張って動かなかった。

「あれから特に変わったことがねぇのなら、井筒屋も諦めたんじゃねぇか」

「そんなのわかるもんですか。とにかく、余一さんと井筒屋に何があったか教えてちょうだい」

こちらが勝手にしたこととはいえ、お糸と一緒になれるよう力を貸したばかりである。貸しを返せと息巻けば、余一が観念したように口を開く。

「おめぇが騒ぐほどのもんじゃねぇ。井筒屋の主人がここに押しかけてきて、仕事をしろと言われただけだ」

「まさか、それを受けたんじゃ」

「おれはきものの始末屋だぜ。まっさらな新品なんぞに興味はねぇ。断ったに決まってんだろう」

心外だと言いたげな表情におみつはほっと息をつく。しかし、今後も井筒屋が余一の周りをうろつく恐れは残っていた。

「むこうはどうして余一さんのことを知ったのかしら」

「さてな」

「井筒屋の主人ってどういう人だった？」

「いけ好かねぇ優男だった」

真剣に尋ねているにもかかわらず、余一の答えはそっけない。おみつは子供のように足踏みをした。

「もっと真面目に答えてちょうだい。これは大事なことなのよ」

「おめぇの大事なお嬢さんに関わることだからか」

「そうよっ」

思わず前のめりになると、目の前にある整った顔がしかめられる。

「少し落ち着け。井筒屋の名を聞くたびに大騒ぎするんじゃねぇ」

「でも、お嬢さんが」

「大事だと思うならなおさらだ。井筒屋のことは秘密にしておきてぇんだろう」

余一の口から「秘密」という言葉を聞き、おみつは知らず息を呑《の》む。

お嬢さんが井筒屋に狙われるのは、江戸一番の両替商、後藤屋の孫娘だから――余一にはそう言ってある。まだ本当の秘密を知られた訳ではない。

心配しなくていいのだと己に言い聞かせたとき。

「このことを大隅屋の若旦那も知らねぇのか。お嬢さんが心配なら、早く言ったほうがいい」

「駄目よっ。若旦那には言わないで」

おみつは弾かれたように顔を上げ、悲鳴じみた声を上げる。

尋常ではない様子に驚いたのだろう。余一は眉間にしわを寄せた。

「いくら秘密と言ったって、亭主が知らねぇのはおかしいだろう。そういや、お嬢さん本人も知らねぇと言っていたな」

「それは……だから……」

「どうしておめぇだけが井筒屋に狙われていることを知っている。どうしてむきになって隠そうとするんだ」

自分が何か言うたびに、秘すべきことが薄皮を剝ぐように暴かれていく。おみつは恐ろしさのあまり両手で顔を覆ってしまった。

どんな言い訳をこしらえれば、余一は納得してくれるのか。早鐘を打つ胸とは逆に頭はちっとも働かない。言葉を失ったおみつの耳に余一の低い声がした。

「無理に聞き出すつもりはねぇ。だが、それほど大事な秘密なら、おめぇはもっと役者になれ。でなきゃ、隠し通すことはできねぇぜ」

見るに見かねたのか、あまり興味がなかったのか。余一は引いてくれたものの、これから先のことを思えば不安ばかりが募っていく。

もし自分のせいで桐屋の秘密が明るみに出たら、死んで詫びても追いつかない。

「役者になれ」という余一の言葉が胸に重くのしかかる。

祖父母が駆け落ち者で実家の人別に偽りがある。

それをお玉が知ったらどうなるか。

真っ正直な人だから、思い悩んだ末に夫と義父母に打ち明けかねない。その後、お玉は離縁されて泣き暮らすことになるだろう。

一生そばにいると誓ったけれど、そそっかしいあたしのせいでお嬢さんを不幸にする訳にはいかない。受けた恩を仇《あだ》で返すくらいなら……。

おみつは短く切った爪《つめ》が掌に食い込むほど固く両手を握り締めた。

「あたしがお嬢さんから離れれば……隠し通すことができるかしら」

「何だって」

「あたしは、役者になんてなれないもの」

やっとの思いで絞り出した声はみっともないくらい震えていた。

自分のことは自分が一番知っている。井筒屋の名を聞くたびに、この先も人目を憚らず動揺してしまうに違いない。いずれはお玉にも訝しがられ、問い詰められるに決まっていた。

光之助から桐屋の秘密を聞いたときは、信用されたことがうれしかった。お玉すら知らない秘密を知ったことで、より近づいた気になった。それが元で離れることになるなんて夢にも思っていなかった。

秘密がばれさえしなければ、お玉は綾太郎の妻としてしあわせになれる。足を引っ張るだけならば、お玉のそばにはいられない。

——隠し事は自分の都合でするとは限らないだろう。面白半分に手を出して、取り返しのつかないことになったらどうするんだい。

若旦那の言葉が今さらのように骨身に沁みる。秘密を教えた光之助を恨めしく思ったときだった。

「お嬢さんが何よりも大事だとあれほど騒いでおきながら、隠し事が下手だからと逃げ出すのか。とんだ忠義者もいたもんだ」

「違うわっ。あたしがそばにいないほうがお嬢さんのためになると思って」

「おれだってお糸が大事だから身を引こうとしたんだぜ。それを見くびるなと叱りつけたのはどこのどいつだ。おれとお糸が祝言を挙げる前日に、よくもそんなことが言えたもんだな」

「それとこれとは違うじゃない」

「どこが違う。おめぇがいなくなっても、お嬢さんはしあわせになれると本当に思っていやがるのか」

射貫《いぬ》くようなまなざしにおみつは唇を震わせる。

では、お糸が余一を思うようにお玉も自分を思っているのか。うっかり目を瞠《みは》ったはずみに涙が一滴こぼれ落ちた。

「おめぇだってお嬢さんと離れたら、しあわせになんてなれねぇだろう。揃《そろ》って不幸になるとわかっていて、どうして離れなきゃならねぇんだ」

おみつは涙を拭《ぬぐ》いもせずに黙って余一を見つめ返す。光之助に言われた言葉が耳の奥によみがえった。

――これから先、どんなときも、何があっても、お玉のそばにいてやってくれ。私の頼みはただそれだけだ。

桐屋の旦那様、約束を守ったせいで秘密が明るみに出たとしても……あたしはお嬢さんのそばにいていいんでしょうか。

答えがないのはわかっていて胸の中で問いかける。その隙に余一は下駄を脱ぎ、奥から支子色《くちなし》（赤みを帯びた黄色）の布を持ってきた。

「こいつはおれが始末した風呂敷《ふろしき》だ。おめぇにやる」

「余一さん、急にどうしたの？」

唐突な申し出におみつは目をしばたたく。とまどいながらも受け取った風呂敷を広げてみた。

寸法が少々小ぶりなので、女物のきものを始末したものだろう。右隅にはかわいらしい三つの宝珠が刺繍されていた。

「おめぇには何度も泣き付かれたが、いつもお嬢さんがらみでおめぇのものを始末したことはなかったからな」

さんざん迷惑をかけたのに、頼んでもいない始末をしてくれるとは思わなかった。

おみつは改めて支子色の風呂敷に目を落とし、ややして三つの宝珠の意味に気付く。

糸で刺繍された三つの宝珠――これはお糸とおみつとお玉を表しているに違いない。

三人が共にいられるようにと願いを込めてくれたのか。

「おれは今まで人を遠ざけて生きてきた。おれのせいで誰かが不幸になるくらいなら、ひとりでいたほうがいいと思っていた。その考えにさんざんけちをつけといて、今頃になって掌を返すなんて許さねぇぞ」

「余一さん」

「おめぇこそ、お嬢さんを見くびるんじゃねぇ」

お返しとばかりに言い切られ、おみつは泣き笑いの顔になった。

井筒屋のことは何ひとつ片づいていないのに、なぜか心が軽くなる。これからは余一とお糸のことを思って胸が詰まることはないだろう。

――早く恋敵をやめないと、余一だけでなくお糸ちゃんまで失うよ。

若旦那、あたしは余一さんも失っていないみたいです。今後は恋女房の幼馴染みとして付き合っていけるでしょう。

――何だかんだ言ったところで、最後に頼れる相手は身内よ。御新造さん、あたしは身内に恵まれなかった分、周りの人に恵まれました。独り身を通しても後悔なんていたしません。

ひとりではうまくいかなくても、お玉とお糸と余一がいれば乗り越えられるに違いない。おみつにとっての三つの宝珠はその三人なのだから。

「余一さん、ありがとう。だけど、お糸ちゃんの帯とはずいぶん差をつけてくれたわね」

素直に礼を言うのが照れくさくて、からかうような口を利く。

余一はたちまち不機嫌になり、「嫌なら返せ」と手を突き出す。おみつは「とんでもない」と首を振った。

「せっかくもらったんだもの。この風呂敷に大事なものを包んでおくわ」

お玉の秘密もこの中に包んで隠しておければよかった――おみつはそう思いながら、風呂敷を畳んで懐に入れた。

# 付録　主な着物柄

## 雁《かり》

「雁金《かりがね》」ともいう。雁は独特の鳴き声から、よい知らせを運ぶ縁起のよい鳥とされる。吉祥の図柄。

## すすき

秋の七草の一つ。薄《すすき》は芒とも記し、穂がでたものを尾花ともいう。風になびく優しい姿は秋草文様として蒔絵や染織品に多く描かれる。

## 糸巻《いとま》き

板状で正方形の四辺の中央をくぼませたものや、立体的な枠になった糸巻きを図柄化したもの。

## 吹《ふ》き寄《よ》せ

種々の落葉などが風に吹き集められた様子を文様化したもの。銀杏《いちょう》・紅葉《もみじ》・松葉・松毬《まつかさ》・蔦《つた》の葉・栗の実など、晩秋の情緒を表わす文様。

## 菊《きく》青海波《せいがいは》

同心の半円を互い違いに重ねた「青海波」を菊の花で表した文様。

## 破《やぶ》れ亀甲《きっこう》

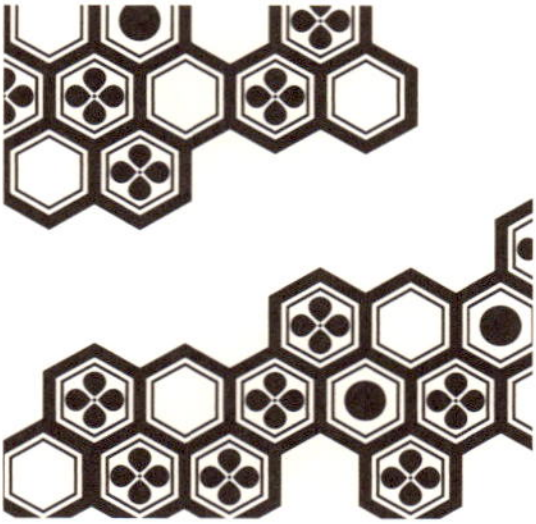

「亀甲」は、亀の甲羅をモチーフに六角形に文様化したもの。その「亀甲」を連ねて図柄とした文様。亀甲の並び方が変則的で、破れ模様となっている。

## 宝鑰《ほうやく》

宝鑰とは、宝物庫の鍵のことで、雷文形に曲がっている。福徳の象徴で、「宝尽くし文」の一つ。

## 宝珠《ほうじゅ》

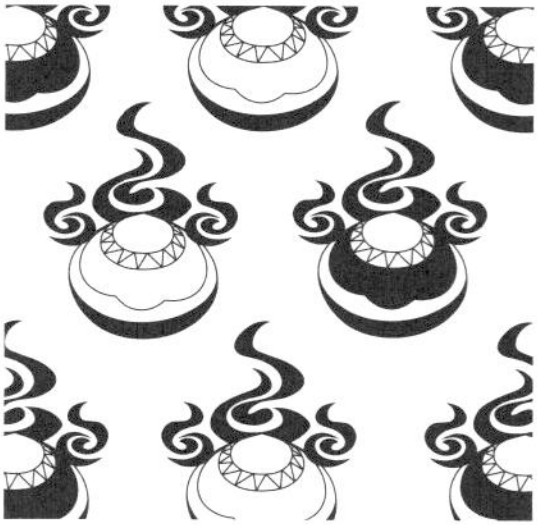

宝珠とは上部先端が尖《とが》って火焔《かえん》を伴う玉のこと。「宝尽くし文」の一つ。

## 隠《かく》れ蓑《みの》

その蓑を着ければ身を隠すことができるという、天狗の宝物を文様化したもの。

## 隠《かく》れ笠《がさ》

「隠れ蓑」同様、身に着けると姿が隠れるといわれる想像上の笠を文様化したもの。